g. m.

MY - LADY

ROMAN

*Cover-Bild von
Carola-Linda Schmidt*

Herstellung: Books on Demand GmbH

ISBN 3-8330-0078-3

in Liebe
für Helga

Geleit

g.m. versucht in diesem Roman eine ganz außergewöhnliche Beziehung zwischen einem Mann, der sich schlicht d. und einer Frau, die d. My-Lady nennt, zu beschreiben.

Diese menschliche und wirtschaftliche Beziehung/ Gemeinschaft erweist sich als außerordentlich stabil, da sie *völlig* losgelöst ist von allen Konventionen, Gesetzen, Religionen und Moralen, und nur in beidseitigem Einverständnis erfolgt und erfolgen *kann*

(genau darauf kommt es an).

Da g.m. die heutige Lebensform des modernen Stadtmenschen, die Rechtsordnungen, die Zwänge von allen Seiten, weitestgehend ablehnt, und sich wirklich nicht frei fühlt, sondern in diesem System zutiefst abhängig wird, auch wo keine geistigen oder sachlichen Zusammenhänge hergestellt werden können, spickt g.m. diesen Roman mit aller herbster Zeitkritik.

g.m. empfindet diese, seine Darstellung, deswegen als ein Novum in der Literatur, sonst hätte er sich der Mühe des Schreibens nicht unterzogen.

Der Anfang

d., er spricht sich 'dschi', hockt schon wieder auf der Straße.

d. verbringt nun schon fast 2 Jahre lang mit sinnloser Hin- und Herfahrerei auf der Straße immer auf der Suche nach einem einigermaßen angepassten Job. Mit 30 Jahren hat d. sein mathematisch naturwissenschaftliches Studium erfolgreich abgeschlossen, muss aber erkennen, dass er mit 30 Jahren für jede Art Arbeit wirklich zu alt ist.

d. ist auf dem Weg nach Fucktown-City, wie er das nennt, für einen albernen Programmierjob in der mächtigen, aber von jedem menschlichen 'Rechner', für alle auch noch so komplexen Re- chenaufgaben sofort nutzbar ist, FORTRAN.

d. nimmt sich diesmal 4 Tage Zeit für die circa 1000 km Anreise, obwohl er lässig lumpige 1400 km am Tag schafft.

Nach hunderten auf dem Highway zurückgelegten km, entschließt d. sich diesmal den abstandskürzesten Weg zu suchen und verlässt den Highway.

Denn gerade hat d. Stephen Kings wunderhübsche Geschichte
Mrs. Todd's Shortcut
gelesen.

d. hat Straßenkarten dabei aber auch einen Kompass.

d. entschließt sich nun die geografische Richtung von seinem Standort zu seinem Ziel auszumessen und dann jeden Verkehrsweg, von Highway über Bundesstraßen über Landstraßen, bis hin zu Feldwegen zu benutzen, und immer bei jeder Kreuzung oder jedem Abzweig den Weg in dem Verkehrsnetz zu nehmen, der von dem momentanen Standort am direktesten in Richtung zum Ziel weist.

Nun aber erstmal zurück, der Wagen muss voll aufgetankt werden und Reservekanister besorgt und gefüllt werden. Nachdem dies erledigt wurde und eine 2-Tagesration als Überlebenssatz Essen, Trinken und Rauchen besorgt wurden, geht's wirklich los.

An der ersten Highway-Abfahrt prüft d. die Richtung der kreuzenden Straße und muss unter jeder Missachtung von Verkehrsregeln feststellen: er muss auf dem Highway weiterfahren.

Auch an der nächsten Highway-Abfahrt muss d. gemäß seiner Fahrstrategie auf dem Highway weiter- fahren. Aber bei der 3. Abfahrt stellt d. fest, er muss endlich den Highway für seine Route hier verlassen. d. gelangt auf eine Landstraße die er in Richtung seines eingestellten Kompasses fährt.

Die d. - Fahrstrategie zwingt d. 17 km diese Landstraße zu fahren. Nun muss d. auf eine Nebenstraße abbiegen. Auch wenn die Kreuzung keinerlei Hinweise bietet wohin die Straßen führen, verliert d. keineswegs die Orientierung. Diese Nebenstraße führt d. nach 11 km wieder auf eine Landstraße. Nach weiteren 2 km wird d. in einen Waldweg gezwungen. Dieser mühsam zu bewältigende Weg, Wurzel hinter Wurzel, scheint fast endlos, mündet aber nach 4 km wieder in eine Landstraße. Das Spiel geht weiter. d. fährt Landstraßen, Nebenstraßen unterschiedlicher Qualität, Waldwege und Feldwege in wechselnder Folge.

Ganze 100 km schafft d. an diesen Tag noch nachdem er den Highway verlassen hat. Als die Dämmerung hereinbricht sucht d. sich ein schönes ruhiges Plätzchen um in seinem Wagen zu übernachten. Nach einer nicht gerade bequemen Nacht im Auto, macht sich d. wieder auf den Weg.

Die Fahrstrecken ähneln denen des letzten Tages: Landstraßen, Nebenstrecken, Wald-Feldwege abwechselnd.

Aber eines bemerkt d.: Er entfernt sich mit seiner Fahrstrategie immer weiter von der Zivilisation, Orte werden immer seltener, 3 Stunden lang sieht d. kein einziges Haus und etliche Stunden kein Fahrzeug mehr. Aber d. schafft immerhin knapp 300 km.

d. muss sich nun überlegen, ob er, um sein Ziel Fucktown-City termingerecht zu erreichen, nicht doch wieder schnellere und damit effektivere Routen suchen muss.

Diese Entscheidung wird d. abgenommen.

Als die Abenddämmerung des 2. Tages dieser Abenteuerfahrt, die doch noch kein Abenteuer hervorgebracht hat, aber dennoch recht interessant war, hereinbricht, stellt d. eine überhöhte Kühlwassertemperatur seines Motors fest. d. muss seinen Wagenabstellen und feststellen, dass ein Schlauch aus Altersgründen porös und damit undicht geworden ist. So gut es irgend geht flickt d. den Schlauch durch strammes umwickeln von Taschentüchern und weiteren Hilfsmaßnahmen. Um weiterfahren zu können braucht d. Wasser. Er findet aber in der näheren Umgebung keinen Bach, keinen Tümpel, keinen Teich. d. muss gerade pinkeln, also pinkelt er in sein Kühlwassersystem. Er spendiert auch seine mitgeführten Flüssigkeitsreserven, Cola, Bier und eine halbe Flasche Whisky, und behält für sich als allerletzte Reserve nur eine Flasche Mineralwasser. d. fährt vorsichtig weiter, immer den Kühlwassertemperaturanzeiger im Blick. Leider konnte d. die Leckage nicht ganz stoppen, somit verliert er weiter sein Gebräu 'Kühlmittel' bestehend aus Wasser, Frostschutzmittel, Urin, Cola, Bier und Whisky.

Mittlerweile ist es dunkel geworden. d. entdeckt ein einsam gelegenes Gehöft und steuert nun vorsichtig darauf zu, um Hilfe zu bitten.

Mit bis an die Belastbarkeitsgrenze des Motors quält d. sich und seinen Wagen auf dieses Anwesen.

d. wird niemals bereuen hier hingefahren zu sein.

Als d. gerade aussteigt steht schon so etwas wie ein Butler neben seinem Wagen.

»Sir, was können wir für Sie tun?«

»Guten Abend. Ich bitte vielmals um Entschuldigung, wenn ich Sie belästige, aber ich bin in einer kleinen Verlegenheit; mein Wagen hat eine Panne und ich möchte Sie bitten mir zu gestatten über Ihr Telefon einen Service anzurufen.«

Im Eingangsportal steht nun eine Dame, eine richtige Lady von ihrer Statur und Haltung.

»Luis, das ist schon in Ordnung, bitten Sie den Herrn doch herein.« sagt sie zu ihrem Butler.

d. erklärt nun der Lady seine Verlegenheit, mit der Bitte nur kurz einen Service anrufen zu dürfen und den Wagen bis zur Reparatur hier stehen lassen zu dürfen.

»Ich mache Ihnen einen Vorschlag« sagt die Lady,

»Sie übernachten einfach hier als mein Gast und morgen sehen wir weiter. Ihr Problem bekommen wir hier schon in den Griff. Luis wird sich darum kümmern. Er ist zuverlässig und kompetent.«

d. wagt einzuwenden:

»Ich wage Ihr Angebot kaum anzunehmen, ich möchte Sie wirklich nicht über das Maß einer kurzen Hilfe in Anspruch nehmen.«

»Papalapap« sagt die Lady, »Ich lade Sie ein mein Gast zu sein, in einer halben Stunde wird das Diner serviert und die Herrichtung eines Gästezimmers ist schon veranlasst.

Möchten Sie das Gelbe oder lieber das Blaue?«

Etwas perplex entscheidet sich d. für das Blaue.

d. holt seine Reisetasche aus dem Kofferraum seines Wagens und begibt sich unter der Führung von Luis in das Blaue Gästezimmer. Das Blaue Gästezimmer hat ganz zur Freude von d. ein eigenes kleines Bad.

d. duscht mit Wonne, er fühlte sich wirklich verschwitzt. So schnell er kann richtet sich d. her. Rasieren gehört dazu. Er kleidet sich mit den Sachen die er mit hat, sauberes Hemd, saubere Socken, saubere Unterhose und den in der Reisetasche mitgeführten Anzug, den er noch ein wenig aufmöbeln muss, vollständig an. Sogar seinen Butterlecker bindet d. um. Die etwas verstaubten Schuhe putzt d. mit schlechtem Gewissen in Hotelbenutzermanier kurz an der Gardine.

Unter den Umständen empfindet sich d. als ganz passabel aussehend wie ein Blick in den Spiegel zeigt.

d. treibt diesen Aufwand, denn er ist ja bei einer Lady zum Diner eingeladen.

Als d. sich auf den Weg zum Esszimmer macht bekommt er einen Gesprächsfetzen mit in dem Sinne, dass die Lady Luis Anweisung gibt, unbedingt dafür zu sorgen, dass d.'s Wagen morgen früh wieder vollständig fahrbereit ist.

d. ist etwas verlegen, er steht herum bis das Diner wirklich anfängt. Er muss sich wundern, wie umfangreich dieses Diner gestaltet wurde, als ob alle Vorbereitungen seit Tagen geplant waren. Das Diner erinnert d. ein an Paul Bocuse, relativ einfach, äußerst schmackhaft aber mit viel Mühen erstellt. Die Lady muss einen wirklich guten Koch beschäftigen.

d. entschuldigt sich in aller Form bei der Lady, dass er es bislang versäumt hat sich vorzustellen und nennt seinen Namen: Detlef Schwieger, mit dem Hinweis sie möge ihn einfach d. ausgesprochen 'dschi' nennen.

Die Konversation zwischen der Lady und d. beginnt doch recht schleppend. d. erfährt über die Lady wenig, nur das sie seit 8 Jahren verwitwet ist und auf ihrem Anwesen in aller Ruhe, und offensichtlicher Zufriedenheit, lebt. Von d. erfährt die Lady aber praktisch alles über seine momentane Lebenssituation, die zusammengefasst darin besteht, dass d. mit äußerstem persönlichem Einsatz eine recht hohe berufliche Qualifikation erlangt hat, aber keinerlei Arbeit findet.

Nach dem Diner plauscht d. im Salon mit der Lady bei einer guten Flasche Wein noch ein wenig herum, bis man sich gemeinsam entschließt diesen Tag zu beenden.

d. bedankt sich noch einmal für die Gastfreundschaft bei der Lady und begibt sich in sein Blaues Gästezimmer.

d. denkt noch ein wenig über den Tag nach. Das Problem mit dem Auto muss er auf morgen verschieben. Die Lady ist ihm wirklich richtig sympathisch. Ihr Alter ist von d., auch mit hinreichender Lebenserfahrung, nicht ein- schätzbar. Es muss irgendwo zwischen 40 und 55 Jahren liegen.

Das genaue Alter der Lady erfährt d. eigentlich nie.

Eine bemerkenswerte Gemeinsamkeit stellt d. zwischen ihm und der Lady fest:
Die Lady und er sind beide extrem introvertierte Menschen; die Lady wird am gleichen Abend zu derselben Einschätzung gelangt sein.
Vor dem Einschlafen liest d. aus alter Gewohnheit noch ein paar Seiten. d. bevorzugt Sciencefiction, Horrorliteratur, die so 'horror', gemessen am wirklichen Leben nun auch nicht ist, aber Splatterpunk ist doch das Größte.
d. liest gerade Stephen King's „Spiel" als gute, aber doch recht brutale Geschichte, als jemand an seiner Tür klopft.
»Ja, bitte treten Sie ein, ich schlafe noch nicht.«
Die Lady betritt im Morgenmantel das blaue Gästezimmer.
»Entschuldigen Sie bitte vielmals die Störung, aber ich habe bei Ihnen noch Licht gesehen, so dass ich annehmen konnte, dass Sie noch nicht schlafen. Auch ich kann nicht einschlafen, vielleicht möchten Sie mir noch ein wenig Gesellschaft leisten.«
»Aber gern leiste ich Ihnen noch Gesellschaft, denn nach so einem Tag wie heute fällt das Einschlafen trotz aller Müdigkeit und Erschöpfung schwer.«
»Könnten Sie mir mal bitte meinen Bademantel reichen, denn ich bin völlig unbekleidet.
Für mich gilt der Satz. 'Das einzige was ich im Bett anziehe sind manchmal die Knie'.«
Gesagt, getan.
»Wir gehen am Besten zu mir rüber.«
d. bedeckt sich und folgt der Lady.
In Lady's Gemächern sagt d. »Was schlagen Sie vor um uns beide schlaffähig zu machen. Eine Partie Schach? Ich warne Sie Lady, es wird langweilig, ich bin der aller schlechteste Schachspieler aller Zeiten, ich kenne nur die Regeln aber keine Spielstrategie. Die Rochaden kriege ich noch zusammen,

wüsste aber leider wirklich nicht wann ich sie sinnvoll einsetzen sollte. In spätestens 12 Zügen setzen Sie mich matt. Daher schlage ich eine kleine Pokerpartie vor, selbstredend mit limitierten Einsätzen.«

»Reden Sie doch keinen Unsinn zusammen dschi. Nach 2 Glas Wein können Sie doch nicht betrunken sein. Ich dachte eher an Spiele die erwachsene Menschen um diese Tageszeit zu ihrem Vergnügen und Lustgewinn betreiben.«

d. antwortet darauf nichts.

»Sind Sie ein Holzklotz, sind Sie blöd, sind Sie von Vorgestern, sind Sie Eunuch, sind Sie schwul?«

»Nichts von alledem trifft auf mich zu Lady. Ich bin nur etwas überrascht.«

»Sie sind mir sympathisch dschi und ich würde gern diese Nacht mit Ihnen gemeinsam verbringen. Aber an einem Quickie bin ich wirklich nicht interessiert. Ich hätte Lust es mit Ihnen zu treiben bis zum Morgengrauen.«

»Auch ich habe wirklich Lust es mit Ihnen bis zum Morgengrauen zu treiben, aber Lady, um einen Quickie werden Sie nicht herumkommen. Ich schlage Ihnen vor, wir fangen an. Es läuft auf einen Dreiakter hinaus.

Der erste Akt wird ein Quickie sein, ich werde den 'Point of no return' nicht sehr lange rausschieben können. Im 2. Akt werde ich den 'Point of no return' in circa. einer halben Stunde erreichen. Der dritte Akt kann dann ohne diese Probleme bis zum Morgengrauen dauern. «

»Tun Sie was dschi! Das Morgengrauen rückt näher.«

Die Lady greift nach g.'s. erigiertem Glied. Die Lady und d. betreiben in dieser Nacht ausschließlich die Missionarsstellung. Es läuft tatsächlich so wie d. es vorhergesehen hat.

Im späten Morgengrauen steht d. auf um in sein Blaues Gästezimmer zurückzukehren.

Die Lady sagt »dschi bleiben Sie bei mir. Nicht jetzt aber für immer. Das meine ich ernst.«

»Mir gefällt es hier ausgesprochen gut My-Lady, und ich werde über Ihr großzügiges Angebot nachdenken. Es gibt einige Aspekte zu berücksichtigen, die wir rein geschäftlich heute Vormittag in aller Ruhe besprechen sollten. Ich schlage als Termin zehn Uhr in Ihrer Bibliothek vor.«

»O.K. dschi Auch ich werde noch ein bisschen darüber nachdenken.«

Pünktlich um 10:00 findet eine Konferenz in My-Lady's Bibliothek statt. My-Lady eröffnet als Hausherrin das Gespräch.

»Bleiben Sie einfach hier dschi. Ihre beruflichen Perspektiven sind nicht gerade rosig, ich kenne mich da aus. Ohne hinreichendes Kapital oder guten Beziehungen läuft da nichts. Wir könnten uns hier ein gemeinsames geruhsames schönes befriedigendes Leben einrichten, ohne die moderne Hektik. Ich mag Sie, dschi.«

»My-Lady, es sind etliche Aspekte zu berücksichtigen. Seien Sie ganz versichert, ich würde wirklich gern hier bleiben. Es gefällt mir hier ausgesprochen gut, diese Ruhe, diese Landschaft, diese Umgebung, wirklich schön. Aber weit gewichtiger ist, dass ich Sie einfach sehr gern mag My-Lady.

Ich mache Ihnen einen Vorschlag My-Lady. Sie stellen mich ganz formal ein als Ihren Privatsekretär zu Bedingungen die ich Ihnen gleich angebe, über Einzelheiten können wir dann verhandeln.

Ich bleibe hier und nehme Ihre Interessen war, und kümmere mich um alle Ihre Belange in den Bereichen: Verwaltung, Steuer, Recht, Erhaltung des Anwesens, Reparaturen, etc.

Dies hätte in beiderseitigem Einvernehmen nur Vorteile für Sie My-Lady und mich.«

»Als Verhandlungsbasis kann ich diesen Vorschlag völlig akzeptieren, nur: geht es nicht einfacher?«

»Aus meiner Sicht wohl kaum. Ich kann und will mich momentan nicht auf ein totales Abenteuer dieser Art einlassen. Leider verfüge ich über keinerlei Vermögen, auf das ich bei einem jederzeit möglichen Ende zurückgreifen kann. Bedenken Sie bitte My-Lady, dass ich mich praktisch von meinem Beruf und damit der Erzielung eines Einkommens für meinen Lebensunterhalt löse, wenn dieses Abenteuer endet.«

»dschi bitte, finden Sie nicht, dass Ihre Argumentation etwas reichlich spießig ist?«

»Ich gebe Ihnen recht My-Lady, *etwas* spießig schon. Aber bei aller Verachtung gegen unsere Gesellschaft, kann ich mich gerade aus dem Grund meiner Lebenserhaltung nicht ganz aus und von dieser Gesellschaft auskoppeln. Obwohl ich genau das wirklich gern tun würde.«

»Weiter dschi, Ihre Argumentation fängt an mich zu amüsieren und interessieren.«

»My-Lady, ich muss eine minimale Vorsorge für mich aufrechterhalten, eventuell benötige ich einmal wegen einer Kleinigkeit einen Arzt, oder muss einige Zeit, weil ich kein Einkommen erziele, meine Sozialversicherung in Anspruch nehmen und so weiter. Seien Sie versichert, nichts wäre mir lieber als mich vollständig von unserer Gesellschaft abzukoppeln. Aber das kann ich leider auf Grund meiner Armut nicht.«

Es entsteht eine lange Pause.

My-Lady denkt angestrengt nach, das ist ihr anzusehen. Irgendwie ist ihr eine solche Lebenssituation fremd. Aber My-Lady begreift sehr schnell.

»O.K. dschi, ich denke Sie haben völlig recht. Wir handeln kurz die Einzelheiten für einen Arbeitsvertrag aus.«

Zwischen My-Lady und d. wird ein Arbeitsvertrag formuliert. Mit dem zusammengefassten Inhalt:

My-Lady beschäftigt d. als ihren Privatsekretär in fulltime zu einem Salär von 3000.-/Monat.

d. erhält freie Unterkunft, 2 Zimmer mit Bad, und Verpflegung, inklusive allen Einrichtungen.

d. dagegen verpflichtet sich zur Wahrnehmung der gesamten Verwaltung inklusive aller technischen Arbeiten zur Instandhaltung des Anwesens.

Als Mindestlaufzeit wird 1 Jahr vereinbart. Danach gilt eine 3-monatige Kündigungsfrist.

d. grinst innerlich wieder vor sich hin wie er das so oft tut, und fragt sich, ob der Staat, in dem er lebt, mit seiner 'freiheitlich demokratischen Grundordnung', wohl solche Verträge als rechtsgültig anerkennt. Was unter mündigen Bürgern vertraglich abgeschlossen werden kann und was nicht, was auf Formularen stehen darf, was nicht, wird d. niemals begreifen können. Da kann d. noch so lange in Gesetzbüchern lesen, er findet doch immer nur sich widersprechende Paragraphen.

»Keine Bange My-Lady, ich werde mein Geld hier schon verdienen. Verluste werden Sie sicher nicht erleiden.«

Einer der Kernpunkte des Vertrages, die physische und seelische Betreuung von My-Lady durch d., wird selbstverständlich nicht schriftlich festgehalten, damit könnte ja der gesamte Vertrag als unsittlich gewertet werden, und damit ungültig sein.

Eine gute halbe Stunde erörtern My-Lady und d. den Begriff Sittlichkeit und kommen sehr schnell zu der gemeinsamen Beurteilung, dass die dem Bürger staatlich verordnete Sittlichkeit mit den Auffassungen von My-Lady und d. nun wirklich nicht in Einklang zu bringen ist.

Die Zivilbevölkerung von Staaten zu bombardieren, inklusive Krankenhäusern, ist aus Sicht eines Staates sittlich, und der selbe Staat erklärt Geschlechtsverkehr zwischen 'mündigen' Bürgern als unsittlich, es sei denn der Staat gibt seinen Segen dazu.

Auf den Segen des Staates wird in der Beziehung My-Lady und d. einfach verzichtet.

My-Lady wird d. immer sympathischer, offenbar liegt doch ein geistiger Einklang vor. My-Lady und d. setzen ein leichtes

Grinsen auf..

Der illegale Vertragsteil zwischen My-Lady und d., wird sofort nach Unterzeichnung des legalen Vertrages noch in der Bibliothek praktiziert. My-Lady möchte es diesmal in dem Stil
            ' Wenn der Postmann 2 mal klingelt'.

»Aber My-Lady, wollen wir nicht wenigstens die Tür absperren?«

Nach Abschluss und Teilvollzug der Verträge nimmt d. unverzüglich seine Arbeit auf.

d. bleibt sofort bei My-Lady und will seine Herkunftsstadt Rattown nie wieder betreten.

Der Umzug

d. ruft noch am frühen Nachmittag des ersten Tages bei My-Lady seinen alten Freund, Django genannt, in Rattown an. Wider jedes Erwartens erreicht er Django sofort, und Django hat offenbar schon ausgeschlafen und meldet sich frisch und munter mit einem seiner üblichen Kalauer »'Hier Pensionat für gefallene Mädchen, diesmal linkes oder rechtes Knie?'«

»Diesmal beide Knie.« erwidert d. launig, »Hi Django, dschi hier.«

»Also dschi willst Du mich verscheißern, ich weiß doch schon beim Klingeln des Telefons wer anruft.«

»Pech gehabt Django, das gilt wie wir wissen nur, wenn Du von einem Dir bekannten Anschluss angerufen wirst, wie wir mit unserem feinen Gehör und Gespür herausgefunden haben. Ich rufe aber nicht von meinem alten zu Hause in Rattown aus an, sondern von JWD.«

»Hätte ich auch selbst drauf kommen können, Du bist doch noch einmal auf dem Weg für ein bürgerliches Leben.«

d. korrigiert Django »War! und deshalb rufe ich an.«

»Nanu!« sagt Django und ist doch ein wenig erstaunt, das kann d. aus seinem Tonfall heraus hören.

»Pass auf Django, ich werde niemals nach Rattown zurück-kehren. Daher habe ich einen kleinen Job für Dich, klamm wie Du immer bist. Ich möchte Dich bitten meine Wohnung in Rattown aufzulösen. Gegen angemessene Bezahlung versteht sich.«

»So ernst dschi?«

»Vollkommen ernst!« sagt d.

»Also willst Du den Job übernehmen?«

»Kommt auf den Job an.« sagt Django.

»Der Job besteht darin, dass Du mir zunächst ein paar wenige Dinge aus meiner Bude raussuchst, verpackst und an eine

Adresse, die ich Dir noch angeben werde, verschickst.«

»Gebongt dschi, das geht in Ordnung.«

»Merk Dir mal eben die Sachen die Du mir bitte schickst....«

»Stopp, ich hole mir mal eben was zu schreiben.« wird d. unterbrochen.

»Aber Django, seit wann kannst Du schreiben? Wir haben uns doch etliche Male gegenseitig unsere 99 % Analphabethie bestätigt. Wir können Albert Einstein, Max Plank, Georg Cantor, Bertrand Russel Comtesse Ada Lowlence etc. lesen, wir können Clive Barker, Stephen King, James Herbert etc. lesen, mir gelingt es im Gegensatz zu Dir auch noch Johann Wolfgang von Goethe und Jean Paul Sarte zu lesen, aber wir können doch beide 99 % aller formulierten Texte wie Zeitungen, Zeitschriften, Werbung, Rechtstexte, Steuerformulare, Rentenrecht, Handbücher, insbesondere die von Microsoft, et cetera nun wirklich nicht lesen.

Ebenso wenig sind wir doch in der Lage Hitler's 'Mein Kampf', Honneckers gesammelte Reden, Werke von Ron Hubbard, Mao's rote Bibel und andere Werke zu lesen. Wenn man auf Seite 17 angelangt ist, sich dann zurücklehnt und sich fragt was hast du denn nun gelesen, bleibt doch nur der Schluss: NICHTS!«

Django schweigt und d. hakt nach:

»'*Lesen* heißt doch den *Inhalt verstehen*'.« setzt d. nach.

»Jetzt argumentierst Du aber falsch dschi. Du vergisst den weiten Bereich des Schreibens.«

»Das sehe ich anders« antwortet dschi, »ich fürchte, dass ich so etwas, was ich noch nicht einmal lesen kann, nur schwer werde schreiben können. Handschriftlich nun schon gar nicht. Was ich handschriftlich zu Papier bringe, außer mathematischen Beweisen, kann ich schon am nächsten Tag nicht mehr entziffern.«

Django antwortet: »Da bin ich aber besser als Du. Was ich aufschreibe kann ich für alle Zeiten wieder entziffern.«

»Legen wir die Quoten neu fest zur Beendigung dieser Diskussion. Für mich gilt weiterhin 99 % Analphabethie, Dich heben wir um 100 % an, so dass Dein Wert auf 98 % gesenkt wird. Eine Geschichte die Du heute Abend mit vielen Lachern im Rock-Cafe verscherbeln kannst.

'Heute konnte ich meinen Alphabethismus um 100 % steigern'.«

»Ich danke Dir für Dein wohlwollendes Entgegenkommen dschi«

»Suche mir doch mal folgende Sachen aus meiner Bude raus:

Die komplette Asterix-Sammlung, aber unterschlage ja nicht die illegalen Druckwerke wie 'alcolix', und andere, Band 13 regulär werde ich immer wieder ohne Schwierigkeiten besorgen können, aber 'alcolix' und andere nur schwer; alle Bücher in den Bereichen Science-fiction, Horror, Erotik etc. packe mit ein, aber alles was sich Fachbuch' schimpft möchte ich hier nicht sehen.

Die guten kenne ich inhaltlich auswendig, die anderen einfach vergessen Müll, Schrott, Unsinn.

Für jeden Fachbuch Unsinn den Du mitschickst, mache ich Dich persönlich haftbar. Denke daran, ich kenne gute Rechtsanwälte, und werde sie mir von nun an leisten können.«

»Gute Rechtsanwälte? Bist Du völlig durchgedreht, durchgeknallt?«

»Gute Rechtsanwälte sind Anwälte die sich perfekt auf's Lügen verstehen, was uns beiden doch ein bisschen schwer fällt.«

»dschi ist völlig durchgeknallt, weggetreten.« brabbelt Django vor sich hin und d. ignoriert diese Bemerkung.

»Alle Disketten und CDs schickst Du bitte mit, bestehend aus Raubkopien und eigener Programmentwicklung.

Meine Kamera *kannst* Du mit einpacken. Das war's eigentlich schon.«

»Alles Andere bleibt in Rattown?« fragt Django.

»Ja« sagt d. aber nach kurzem Überlegen korrigiert er sich.

»Stop! Wie konnte ich das nur vergessen. Unbedingt benötige ich auch meine Dokumentenmappe, einen schwarzen Ring - ordner mit allen offiziellen Papieren. Nur den Pass findest Du in irgendeiner Schublade.

Und wenn Du Lust hast, kannst Du mir noch ein paar Kleinigkeiten wie meine neuwertigen Camel-Boots beilegen; ganz in Dein Ermessen gestellt. Übertreibe es aber nicht, in keinem Fall erwarte ich mehr als zwei Kartons.«

»Und was soll mit dem Rest aus Deine Wohnung geschehen?« fragt Django.

»Eines nach dem Anderen Django. Ich schicke Dir heute noch die Wohnungsschlüssel zu und lege eine Vollmacht bei, damit Du nicht in den Verdacht des gemeinen Einbrechers geraten kannst. Wo Du wohnst weiß ich, aber gebe mir doch mal eben Deine Postleitzahl durch.«

»eins-vier-vier-acht-eins-sechs-eins-zero« erhält d. als Antwort und er interpretiert diese Ziffer als sein Postfach.

»Sichte doch bitte die Bude und überlege Dir, was Du mit den Sachen anstellst. Ich sehe 2 Möglichkeiten. Du nimmst alles mit, was Du haben willst oder lohnend verscherbeln kannst, oder Du räumst die Bude total. Entscheidest Du Dich für die erste Vari- ante, wirfst Du den Schlüssel nach der Aktion einfach in den nächstbesten Gully, bei der 2. Variante hast Du mehr Arbeit, aber auch mehr Verdienst. In der ersten Weise werde ich sofort jede Zahlungen an meinen Vermieter einstellen und die ganze Sache mit einem schmutzigen Grinsen im Gesicht langsam aber sicher vergessen; bei zweitens werde ich ordentlich kündigen, noch ein oder zwei Mieten überweisen und auch so die ganze Sache mit einem schmutzigen Grinsen im Gesicht langsam aber sicher vergessen.«

»Verrohst Du jetzt völlig dschi?« fragt Django, »bist Du jetzt der Mafia beigetreten!«

»Das Gegenteil wird der Fall sein, die Liebenswürdigkeit wird meine herausragende persönliche Charaktereigenschaft werden.

Aber sei einmal ehrlich Django, die Variante eins entspricht doch unseren gesellschaftlichen Gepflogenheiten, und über *alle* Konventionen einer Gesellschaft kann man sich ja auch schlecht hinwegsetzen, wenn man in einer Gesellschaft leben will oder leben muss.«

»Ich gebe Dir ja recht dschi, in dieser völlig verrohten Gesellschaft kommt man in der Weise ad 1. besser durch.«

»Bye-bye Django, in zwei Tagen rufe ich wieder durch.«

My-Lady ist nicht auffindbar, den Grund dafür wird d. in ein paar Tagen erfahren, aber Luis betreibt Gartenpflege und d. trifft ihn bei einem liebevollen Umgang mit den Rosen vor dem Haus an.

»Luis, wie Sie sicherlich erfahren haben, bleibe ich als Angestellter der Lady hier. Die Lady ist nicht auffindbar, ich brauche dringend einen stabilen Briefumschlag. Ich muss heute noch einen Brief zur nächsten Post bringen.«

»Einen Briefumschlag gebe ich Ihnen gleich Sir,« erwidert Luis »wenn es Ihnen nichts ausmacht kann ich Ihren Brief heute Abend mitnehmen, ich muss heute eh noch ein paar Besorgungen in der nächsten Stadt erledigen.«

»Danke Luis. Apropos Luis, wo ist eigentlich mein Wagen?«

»Ihr Wagen steht repariert in der Garage Sir. Die Lady schätzt das Parken vor dem Portal nicht sonderlich, zum Abstellen von Fahrzeugen sind unsere Garagen da.«

»Also hat My-Lady sich doch zur Nachtaktion hinreißen lassen.« brabbelt d. leise vor sich hin.

»Sir?«

»Danke Luis, das ist schon O.K..«

Luis bringt tatsächlich noch an diesem Tag d.'s Brief an Django zur Post und händigt d. noch am Abend den Beleg für das Einschreiben aus.

Genau wie am ersten Abend bekommt d. so einen Gesprächsfetzen zwischen My-Lady und Luis mit, '... Danke Luis, dass Sie wegen d.'s Brief extra in die Stadt gefahren sind, das war ganz in meinem Sinne....'

d. macht sich so seine Gedanken.

Zwei Tage nach dem ersten Anruf bei Django ruft d. Django wieder an.

d. befindet sich offenbar in einer Telefonglückssträhne, denn er erreicht seinen alten Freund Django wieder sofort.

»Das Pensionat für gefallene Mädchen ist vorübergehend geschlossen, rufen Sie in einer Woche noch einmal an.« meldet sich Django.

»Hallo Django, dschi hier.«

»Du brauchst Dich doch nicht vorzustellen, Deine Stimme erkenne ich doch sofort. Ich habe deinen Brief erhalten, war schon in Deiner Bude und habe schon 2 'etwas größere Kartons' besorgt.«

»Hoffentlich keine Container.« entgegnet d..

»Ich werde Dir Deine Sachen morgen einpacken und zuschicken, erkläre mir aber bitte, wohin soll ich die Sachen schicken?«

»Schicke es bitte an:
Postamt Rabbittown
Postfach sieben-sieben-zwei-drei-eins-zero-zero
Rabbittown
Postlagernd z. H. d..«

»Mit anderen Worten, Du willst mir deinen Aufenthaltsort nicht nennen!«

»Richtig Django, mein Aufenthaltsort ist zur Zeit top secrete; weder CIA, noch Stasi-West, noch Stasi-Ost, noch Mossad, noch KGB noch andere Schnüffler dürfen hinter meinen Aufenthaltsort kommen, denn ich arbeite nun in einem Spezial-Abkommen ausschließlich für eine Lady.«

»Ich kann nur hoffen, dass Du nicht *schon* wieder in irgendwelchen Schwierigkeiten steckst.«

»Sei ganz beruhigt Django, *alle* meine Schwierigkeiten habe ich im Moment gerade überwunden!

Wie hast Du Dich mit der Alternative in Sachen Räumung meiner Wohnung entschieden?«

»Ehrlich dschi, zu eins.«

»Ich hab doch gewusst, dass Du irgendwann erwachsen wirst. Ich schicke Dir einen Barscheck über 1000.- rüber und wir haken diese Aktion ab, erledigt aus vorbei. Bye-bye, ich melde mich mal wieder.«

Es geschehen noch Zeichen und Wunder.

Django schickt d.'s Sachen an die angegebene Adresse postlagernd und d. bekommt die Sendung, bestehend aus 2 Paketen, anstandslos am Postamt ausgehändigt.

Selbst für d.'s Rechner war noch Platz in den Paketen.

Im Gegenzug löst Django seinen Scheck ein. d. löst daraufhin sofort sein altes Konto auf.

Damit hat d. alle physischen und geistigen Bindungen zu Rattown aufgehoben und für ihn ist der Umzug abgeschlossen.

Das tägliche Leben

Als d. am ersten Tag bei My-Lady den Anruf mit Django erledigt hat, hängt d. rum, denn er weiß im Moment nicht so recht was er mit sich anzufangen kann.

d. guckt sich an wo er gelandet ist.

Eine wunderhübsche Landschaft an einem klaren Tag. Hier scheint die Wirtschaft und Landwirtschaft noch in einem für d. verträglichen Einklang mit der Landschaft zu stehen. Die Gegend wird bewirtschaftet, keine Frage, Monokulturen wie Maisfelder so weit das Auge reicht, sind nicht auffindbar. d. entdeckt sogar einen Bach, der offenbar nicht in ein gradliniges Betonbett vergewaltigt wurde, sondern sich noch natürlich schön durch die Landschaft schlängelt.

Das Anwesen von My-Lady ist für d.'s Geschmack wunderschön gelegen. Es liegt auf einer Anhöhe mit Blick auf ein weites offenes Tal und Blick auf ein imposantes Gebirge im Westen. d. wagt nicht die Entfernung von hier zum Gebirge abzuschätzen wird aber seine Karten zur Beurteilung hinzuziehen. d. nimmt sich vor an diesem Abend den Sonnenuntergang über dem Gebirge zu beobachten, er wird aber nicht dazu kommen.

d. hat immer einen weiten Blick auf ein Meer als angenehm und beruhigend geschätzt, aber diese ruhige Landschaft um My-Lady's Anwesen herum, übertrifft einen monotonen Blick auf ein Meer bei weitem.

Das Anwesen von My-Lady ist offenbar eine Farm, ebenso offensichtlich ist, dass diese Farm von My-Lady nicht eigen bewirtschaftet wird.

My-Lady betreibt ein ansehnliches Anwesen in Form eines mittleren Herrenhauses mit einem Nebengebäude, das sicherlich einmal eine Scheune war und heute als Garage genutzt wird. Der Zustand des Anwesens zeigt Anzeichen beginnenden Verfalls. Hier wird d. eingreifen müssen um diesen Verfall zu stoppen.

Das Haus hat eine L-Form und ist aus grauen Granitsteinen errichtet. d. vermutet die Steine stammen aus der unmittelbaren Umgebung. d. schätzt das Alter des Hauses auf circa 150 - 200 Jahre. Es ist leider nicht ganz im Stil der Erbauer erhalten worden. Das erneuerte Dach aus roten Ziegeln ist ein krasser Stilbruch, empfindet d.. Für seinen Geschmack hätte schwarzer Schiefer weit besser gepasst. Die erneuerten Fenster passen sich aber harmonisch dem Haus an. Beim Austausch von Fenstern kann man wohl kaum grobe Stilbrüche begehen.

Vor dem Haus ist ein liebevoll gepflegter und gehegter Ziergarten angelegt und in aller erster Linie mit Rosen bepflanzt, links seitlich entdeckt d. einen Nutzgarten mit der typischen Anpflanzung: gerade Reihen verschiedener Nutzpflanzen in rechteckigen Beeten.

'Dosenerbsen wird es in diesem Hause wohl nicht geben', speichert d. in sein Gedächtnis, er löscht aber nicht 'Konservierung von Lebensmitteln in Dosen war mal ein richtiger Fortschritt der Menschheit'.

Tief in sich versunken denkt d. 'mir gefällt es hier, mir gefällt es hier sehr gut, mir gefällt es hier außerordentlich gut'.

Aus seinen Gedanken wird d. von Luis herausgerissen.

»Sir, um 20 Uhr ist Diner, die Lady erwartet Sie zu dieser Zeit im Speisezimmer.«

»Danke Luis, Sie können der Lady ausrichten, ich werde pünktlich zum Diner erscheinen.«

d. richtet sich wieder her so gut er es aus seinem Koffer kann.

Das gemeinsame Diner My-Lady und d. beginnt mit beiderseitigen Schweigen.

Nach 3 Minuten durchbricht d. dieses Schweigen.

»Ich möchte Sie um die Rechnung über die Reparatur meines Wagens bitten.«

»dschi, eventuell habe ich Sie verletzt, aber zum Stil meines Hauses gehört es liebenswerten und willkommenen Besuchern klassisches Gastrecht zu gewähren. Da bin ich ganz konservativ.«

»Ein aufrechter Mann, wie ich es nun einmal bin, lässt sich aus Selbstachtungsgründen nur ungern aushalten, My-Lady.«

»Reden Sie keinen Unsinn zusammen dschi. Ich möchte viel lieber beim Essen Ihren rechten Fuß zwischen meinen Schenkeln spüren.«

So sexistisch wie My-Lady zu sein vorgibt, kann sie gar nicht sein, sinniert d.. Eventuell ist sie nur etwas ausgehungert.

My-Lady ist etwa 165 cm groß, hat dunkelbraunes leicht gewelltes Haar mit einer einfachen Frisur, sie ist schlank doch nicht mager, etwas über dem Normalgewicht, bestimmt nach welcher Rechenformel auch immer, empfindet d.. Sie pflegt eine ganz grade aufrechte Haltung, aber nicht so gekünstelt wie bei Luis, bei ihr wirkt die Haltung echt, von ihrem Wesen bestimmt, da ist sich d. ganz sicher. My-Lady trägt außer einem Ring keinerlei Schmuck, auch Tuschkästen wie d. Schminke, Lippenstifte, Nagellacke et cetera nennt, scheinen ihr fremd zu sein.

Ihre Kleidung ist schlicht in dunklen Tönen gehalten, aber nicht ohne Raffinesse da ihre Kleidung ihre Haltung betont. Ladylike empfindet d..

Alles Äußerlichkeiten entscheidet d., sie sind aber dennoch Ausdruck einer Geisteshaltung, das ist unübersehbar.

Ihr Gesicht und ihr Gesichtsausdruck sind doch weit interessanter. My-Lady hat ein rundes bis leicht ovales offenes ehrliches Gesicht, eine Stupsnase, zwei Grübchen wo sie hingehören und wache intelligente Augen. Sie verfügt, diese Beurteilung erlaubt sich d. schon nach zwei Tagen, über einen außergewöhnlich hohen Bildungsstand, d. lässt sich hier nicht täuschen, die Bücher in ihrer Bibliothek hat sie auch gelesen, da ist d. sich sicher.

Sie ist eine rundum äußerst sympathische Erscheinung.

My-Lady hat aber auch extreme Eigenarten, wie d. im Verlauf

des Zusammenlebens mit ihr feststellen wird.

Am zweiten Tag seit seiner Ankunft auf dem Gut von My-Lady inspiziert d. das Haus von innen etwas genauer Luis führt d. ein wenig herum und erzählt:

»Die Lady bewohnt drei Zimmer mit Bad im ersten Stock, die kennen Sie ja schon,« bemerk Luis lakonisch mit einem Hauch von Ironie, die d, ihm gar nicht zugetraut hätte, »auch das Blaue Gästezimmer mit Duschbad im ersten Stock kennen Sie ja schon, Ihre beiden Räume kennen Sie ja schon, die Bibliothek und das Esszimmer kennen Sie ja schon. Ich zeige Ihnen kurz die Küche,« eine richtig schöne klassische Wohnküche, »das Gelbe Gästezimmer und meine beiden Zimmer, damit Sie wissen wo Sie mich finden können.« Luis und d. gehen an einer Tür vorbei und d. fragt nach diesem Raum und erhält als Antwort: »Dieser Raum Sir, dürfte Sie wenig angehen.« Luis fasst demonstrativ an die Klinke und bemerkt: »Verschlossen. Ich zeige Ihnen noch kurz den Keller. Das Gebäude ist zu etwa einem drittel unterkellert. Dort befinden sich die Heizung, andere technische Einrichtungen und Lagerräume.«

Alles ein bisschen renovierungsbedürftig denkt d., die Farbrechnungen werden in die Höhe schnellen.

»Der Boden des Hauses ist seit Jahren völlig ungenutzt. Soviel ich weiß, wird er selbst von Fledermäusen gemieden.« bemerkt Luis.

»Die Garage mit dem Geräteschuppen finden Sie allein Sir.«

Alles ist ein bisschen feminin plüschig und zu rosa-rot denkt d., aber daran wird er sicherlich nichts ändern.

d. kann wenigstens keine Spanplatten-Plastikmöbel entdecken.

»Einen Salon oder ein Wohnzimmer gibt es in diesem Hause nicht?« bemerkt d. am Ende der Besichtigungstour.

»So ist es Sir, Sie werden sehr bald erkennen, dass solche Räume hier nicht benötigt werden.«

Das Personal des Anwesens von My-Lady besteht aus Luis für alle möglichen Tätigkeiten, vorwiegend in den Bereichen

Erledigungen von Besorgungen, Post, Einkauf et cetera, aber auch die Gartenpflege obliegt ihm, und einer Haushaltskraft, die aber nicht auf dem Anwesen lebt, sondern nur bei Bedarf angefordert wird. Eine junge Frau, die etwa einmal die Woche einen guten halben Tag herumwerkelt.

d. schätzt das Alter von Luis auf Anfang bis Mitte fünfzig. Luis hat graumelierte Haare und trägt einen sehr gepflegten Faconschnitt, er hält sich ganz gerade schon steif zu nennen, und legt offenbar großen Wert auf sein Äußeres. Er muss eine wirklich gute Butlerschule besucht haben, denkt d., ob er sich wenigstens in seinen Räumen etwas gehen lässt? d. hegt da Zweifel.

Ein paar Tage später lernt d. eine Köchin auf dem Anwesen von My-Lady kennen, jeder nennt sie Bertha, ihren richtigen Namen weiß niemand, selbst My-Lady nicht oder sie verschweigt ihn. Aha, das verschlossene Zimmer muss ihres sein, erkennt d. messerscharf.

Nachdem d. seine eigentliche Tätigkeit aufgenommen hat stellt er sehr schnell fest Luis und er sind offiziell angestellt mit allem 'Zubehör', Bertha erscheint offiziell nirgends. Bertha lebt auf dem Anwesen und d. wird den Verdacht nicht los, dass sie einfach hier untergetaucht ist.

Ein Verdacht, der sich alsbald erhärten soll.

In dem Moment wo sich irgendjemand der Farm von My-Lady nähert wird Bertha unsichtbar, sobald der Briefträger erscheint ist Bertha verschwunden.

Bertha

Niemand(?) weiß wer Bertha ist. Bertha kocht, Bertha bügelt, Bertha tut dies, Bertha tut das.

Bertha erscheint niemals irgendwo auf Papier; weder auf Lohnlisten noch auf Versicherungen, noch auf Quittungen, niemals irgendwo. Bertha existiert physisch, doch offenbar nicht *juristisch*.

d. fragt bei My-Lady nach Bertha, wo denn, wie denn, was denn.

»Bertha ist hier und Bertha ist nicht hier, ganz nach der aktuellen Situation.« ist die Antwort.

»Ich glaube ich habe verstanden My-Lady,« entgegnet d., dümmlich wie er ist fragt er, »aber Bertha muss doch irgendwie entlohnt werden?«

»Wird sie auch dschi. Aus meiner Schwarzkasse, die Sie absolut nichts angeht, und niemals etwas angehen wird, werden Gelder für Bertha angesammelt. Ob Bertha die Gelder jemals braucht, ist fraglich, inständig hoffe ich, dass das nicht eintrifft. Für Bertha wäre es besser. Jederzeit werde ich Bertha auszahlen wenn sie das wünscht. Jederzeit kann Bertha mit nun schon ganz ansehnlichem Polster gehen. Und glauben Sie d., ich werde Bertha niemals betrügen. Bertha hat ein schweres Leben hinter sich. Ich hoffe, dass sie hier zur Ruhe kommt.«

»Noch einmal My-Lady, was tun Sie wenn Bertha krank wird?«

»Ganz einfach dschi, ich werde Ärzte konsultieren, gegebenenfalls ihre Symptome simulieren und mir Medikamente verschreiben lassen. Gegebenenfalls werde ich Ärzte so hoch bestechen, dass sie ihre Schnauze halten. Und wenn Bertha hier stirbt, wird sie hier in aller Heimlichkeit anonym aber würdevoll beerdigt. Da rechne ich mit Ihnen.«

d. konsultiert Luis. »Wer ist Bertha?« fragt d.

»Bertha ist hier, und Bertha ist nicht hier, ganz nach der aktuellen Situation« ist die Antwort.

Denselben Satz hat d. doch eben gerade gehört.

Nun sucht d. aber Bertha und trifft sie in der Küche an.

d. entschließt sich zu einem totalen und frontalen Angriff.

»Bertha, Sie verstecken sich doch hier oder werden von der Lady versteckt, was letztlich auf das Gleiche rauskommt. Der einzige plausible Grund kann nur sein, dass Sie sich im Sinne der Gesetze in diesem Land erheblich schuldig gemacht haben. Ich rate: Sie sind jahrelang geprügelt, geschlagen, gedemütigt, vergewaltigt und misshandelt worden, irgendwann haben Sie zurückgeschlagen, weswegen man Sie heute sucht um Sie einer 'gerechten Strafe' zuzuführen. Vermutlich Todesstrafe wegen Mordes.«

Mit erstickter Stimme gesteht Bertha:

»Sie treffen die Gegebenheiten recht gut, die Einzelheiten sind aber weit komplizierter.«

d. umarmt Bertha herzlich. My-Lady und Luis tauchen in der Küchentür auf. My-Lady launig mit einem Hauch von Eifersucht in ihrer Stimme:

»Ach, wird auch schon in der Küche rumgemacht.«

Allseitiges eisiges Schweigen bis Bertha sich wieder einigermaßen im Griff hat.

»My-Lady, Sie müssen mich über diese Vorgänge informieren, wenn ich hier lebe. Nicht zuletzt um im Sinne Ihres Hauses handeln zu können.«

Schweigen. Minutenlanges Schweigen.

»Niemals werde ich zur nächsten 'Bullenstation' laufen und angeben 'hier auf My-Lady's Anwesen existiert und versteckt sich eine verdächtige Person, Sie sollten sich unbedingt mal für dieses Subjekt interessieren'. Ich schließe mich Ihnen My-Lady und Luis an, und werde alles tun um Bertha vor dem peinlichen staatlichen Zugriff zu schützen. Wer meine Freundin Bertha angreift, muss erst mich überwinden. Ich bin nicht unüberwindbar, aber wir können zusammen einen immer stärkeren Schutzschild um Bertha bilden.

Bertha kann gar nicht in unserem Sinne von Recht schuldig sein!«

»Danke dschi.« sagt Bertha.

»Ich möchte Sie nachher noch sprechen dschi« sagt My-Lady.

»In dieser Angelegenheit gibt es nichts zu besprechen My-Lady. Irgendwelche Einzelheiten über Bertha's Vergangenheit möchte ich ausdrücklich nicht wissen. Und ich werde niemals danach suchen, obwohl ich sicherlich recht leicht und recht schnell hinter die Vorgänge kommen kann. Um so weniger ich weiß, umso besser für Bertha.«

»Danke dschi.« sagt Bertha.

»Nur Eines müsste ich in diesem Zusammenhang wissen: wer alles weiß noch um Bertha's Aufenthalt hier?«

»Ich hoffe inständig Niemand außer Luis, und nun auch Sie dschi und selbstverständlich ich.« sagt My-Lady.

»Auch meine Aushilfskraft weiß hoffentlich nichts über die Anwesenheit von Bertha.

Beim Auftauchen irgendeines Besuchers hier taucht Bertha sofort in einem ihrer vier Verstecke unter.«

Soviel zu Bertha.

Das Leben auf diesem Anwesen läuft in ganz geregelten Bahnen. Wer Hunger hat geht zu Bertha in die Küche oder versorgt sich selbst, wer etwas aus der nächsten Stadt braucht wendet sich an Luis. Niemand bekommt My-Lady tagsüber zu sehen. d. entdeckt am 3. Tag, dass es einen völlig abgeriegelten Trakt in dem Anwesen gibt der nur von My-Lady betreten wird und für *alle* anderen *völlig* tabu ist.

Dieser Trakt hat von außen den Anschein eines Ateliers, mit weitestgehend verglasten Fronten.

Das zum Anwesen gehörende Land ist an 3 Bauern verpachtet, und die Pacht bildet die Einnahmequelle von My-Lady.

My-Lady scheint ihr Anwesen praktisch nie zu verlassen.

d. nimmt Luis mal beiseite.

»Wissen Sie als langjähriger Angestellter der Lady eigentlich was die Lady in ihrem Privattrakt treibt?«

»Nein Sir, absolut nicht. Sie hat diesen Teil nach dem tragischen Tod ihres Gatten vor 8 Jahren eingerichtet und niemals hat jemand außer ihr diese Räume betreten.

Die Spekulationen reichen von einer Züchtung von Gift-schlangen über den Betrieb eines biochemischen Labors bis zu

Schaffung von Kunst, die keiner zu Gesicht bekommen soll.

Ich selbst nehme das Letztere an. Sie werden in Kürze bemerken, dass Pakete an die Lady angeliefert werden, völlig neutral verpackt ohne jeden Absender, die sie sofort in ihre Räume schafft, und über die es niemals Belege, Buchungen et cetera gibt. Aber abgeholt wird aus ihren Räumen niemals etwas.

Bitte Sir, ich habe niemals etwas zu Ihnen gesagt, dieses Gespräch hat nicht stattgefunden. Ich verlasse mich auf Ihre Diskretion.«

»Auf meine Diskretion können Sie sich immer verlassen Luis!«

My-Lady beschäftigt einen 'Steuerberater und Vermögensver-walter' in der nächsten Stadt.

d. übernimmt diese Tätigkeiten, auch wenn das Büro sich auf langjährige vertragliche Abmachungen berufen will. d. weist dem Büro recht schell nach, dass es jahrelang ein bisschen stark überhöhte Gebühren gefordert hat. Man einigt sich auch im Einvernehmen mit My-Lady darauf, dass dieses Büro nur noch die Anlageberatung für My-Lady betreibt. Denn diese Tätigkeit der Agentur kommt d. als hinreichend seriös vor, breit gefächerte Anlagen ohne richtig spekulativen Charakter mit dem dadurch entstehendem hohen Risiko. Das könnte d. als Nichtbörsianer wirklich nicht besser.

Von seinen ersten Gehältern staffiert d. sich angemessen aus. Hierzu gehören Garderoben für alle möglichen Anlässe mit zugehörenden Accessoires.

Eines seiner zwei Zimmer räumt d. total aus und renoviert es ganz nach seinem Geschmack. Danach richtet er hier sein eigenes privates, sachlich nüchternes Büro ein, ganz in einen dezentem Grau-grau-weiß-Stil gehalten. Denn d. gedenkt sehr wohl auch ein bisschen für sich zu arbeiten.

Sein zweites Zimmer, für d.'s Geschmack etwas sehr zu plüschig, belässt d. wie es ist, denn hier wird er sich nur zum Schlafen aufhalten; d. schläft nicht bei Licht.

d. schafft zwei Computer an. Einen 'kleineren' für My-Lady, den er in der Bibliothek installiert für Text, Verwaltung, Steuern und was man heutzutage so braucht.

Für sich kauft d. einen etwas ausgewachsenären Computer vorgesehen für etwas ernstere Arbeiten in den Bereichen Programmierung, Grafik und Kommunikation.

My-Lady lebt ganz zurückgezogen. Sie hat keinen Fernseher, kein Radio und hält keine Zeitung, dennoch ist sie immer erstaunlich gut informiert.

Auch Uhren, bis auf eine Eieruhr in der Küche, gibt es in ihrem Hause nicht, sie braucht genau wie d. keine.

My-Lady veranstaltet keine Partys oder Feste, sie lädt niemanden ein, und wird von niemandem eingeladen. Auch die offiziellen Feiertage werden einfach ignoriert. Weihnachten gibt es auf My-Lady's Anwesen nicht. Neujahr wird gefeiert wenn ihr nach Neujahr ist, scheiß auf gregorianischen Kalender. Neujahr wird sinnigerweise am Frühlingsanfang gefeiert.

Scheiß auf gregorianischen Kalenderquatsch.

Sie selbst hat offenbar keine Familie, und zu der umfangreichen Familie ihres verstorbenen Mannes hält sie keinerlei Kontakt. Einmal ist ein Brief von ihren Schwiegereltern zugestellt worden, den hat sie ungeöffnet zerrissen.

d. passt sich weitgehend den Gepflogenheiten des Hauses von My-Lady an, sie entsprechen auch seinem Naturell. My-Lady und d. passen großartig zusammen, halten sie doch beide wenig von der heutigen modernen Lebensart der Konsumgesellschaft.

d. ist aber nicht ganz so extrem wie My-Lady. Er betreibt sehr wohl, selbstverständlich als Schwarzhörer, ein Radio, gelegentlich liest er schon mal eine Zeitschrift oder ein Magazin, nicht zuletzt um sich zu seinem und My-Lady's Vergnügen königlich über den da verbreiteten Unsinn zu amüsieren.

Er fährt von Zeit zu Zeit mal in die nächstgelegene Stadt um

Bücher, Zeug, Programme und was er so braucht, einzukaufen. Gelegentlich geht d. auch mal ins Kino.

In My-Lady's Haus geht jeder seinen Pflichten und seinen Interessen nach. My-Lady und d. sitzen fast jeden Abend nach dem gemeinsamen Diner in der Bibliothek bei smalltalk oder Spielen zusammen und können sich manchmal königlich über Antinomien wie:
"Die Arbeitslosigkeit in diesem Staat kann nur durch längere Tages- Wochen- Monats- Jahres- Lebensarbeitzeit aufgehoben werden."
amüsieren und betreiben, was später im Internet das Kürzel ROFL erhält (roll on the floor laughing), bis hin zu daraus entstehenden Orgien.

Ohne jeden Geiz wird der Haushalt von My-Lady recht sparsam geführt. Doch ein Posten ist immens hoch, wie d. bei seiner Buchhaltung schon nach ein paar Wochen feststellt; der Whisky Bedarf ist offenbar gigantisch, auf jeder Rechnung findet sich die Position: '1 Kasten Whisky'. Mit schöner Regelmäßigkeit einmal die Woche. Aber niemand scheint das Zeug je zu saufen. d. spricht My-Lady eines Abends mal darauf an.

»Der Sachverhalt ist mir bekannt,« sagt My-Lady »das ist irgendwie so ein Schwarzgeschäft von Luis. Das läuft schon gut zehn Jahre.«

»Das Zeugs wird aber angeliefert, wie ich beobachte. Ich betreibe hier keine Erbsenzählerei, nur: dieser Posten ist wirklich ungewöhnlich.«

»In dieser Angelegenheit möchte ich Sie bitten nichts zu tun. Die Gehaltserhöhungen an Luis werden unter dieser Gegebenheit angepasst. Das merkt er gar nicht. Ich habe mein Vergnügen daran, das ich nun mit Ihnen teile dschi, ich kenne doch Ihren Humor.

Ansonsten handeln Sie nach eigenem Ermessen, es sei denn Sie stoßen auf weitere wirkliche Absonderlichkeiten wie den Whiskyeinkauf, dann sprechen wir darüber bevor Sie etwas unternehmen.«

My-Lady hat ihr Anwesen im ersten Jahr seit d.'s Aufenthalt nicht ein einziges Mal verlassen.

Daher ist d. so richtig erstaunt als My-Lady ihn eines Tages beauftragt sich um ein neues Auto zu kümmern.

»dschi, ich möchte Sie bitten sich um die Anschaffung eines neuen Autos zu kümmern.«

»Gern My-Lady, an was dachten Sie denn?«

»Ich möchte eine richtig komfortable, sichere, schnelle, repräsentative Limousine anschaffen.«

»Das dürfte kein Problem sein,« sagt d. »wie viel wollen Sie denn maximal anlegen?«

»Ich denke so für 80,000 dürften wir heute eine ordentliche Limousine erwerben können.«

»Bei nur sicher und repräsentativ, würde ein Mercedes in frage kommen.« sagt d..

»Mercedes ist doch eine wirklich renommierte Firma.« entgegnet My-Lady.

»Sie haben recht, Mercedes ist eine renommierte Firma, mit topclass Technologie. Die Produkte entsprechen aber nicht Ihrer Anforderung My-Lady 'schnell und komfortabel'!«

»Ich bitte um weitere Ausführungen, das würde mich wirklich interessieren.« entgegnet My-Lady.

»Mercedes stattet seine Pkws normal reichlich untermotorisiert aus. Da muss man Geduld beim Fahren auf der Straße haben. Extrem: Ein Freund vom mir hatte einen Mercedes, 1,5 t schwer, ausgestattet mit einem 54 PS Dieselmotor. Ich habe den Wagen einmal einen tagelang auf der Straße bewegen müssen, und kam mir wirklich etwas verblödet vor. Jeder Kleinstwagen und jeder Lkw zog immer locker an mir vorbei!

Komfortabel?: Für meinen Geschmack nein, wenn ich in einem Mercedes sitze, kommt es mir immer wieder so vor, als ich auf einem rotierenden Schleifstein sitze. Ich habe niemals jemanden gesprochen, der Sitze in Mercedes-Wagen als bequem und komfortabel empfunden hat.«

»Welcher Wagen ist die Alternative dschi?« fragt My-Lady.

»Eindeutig nicht GM, Ford, Honda, Citroen etc;
nur BMW Type 7 entspricht allen Ihren Anforderungen:
'komfortabel, sicher, schnell, repräsentativ'.« sagt d..

»Bestellen Sie den Wagen, ich verlasse mich ganz auf Ihr Urteilsvermögen dschi.«

»Welche Farbe soll es sein? Mein Vorschlag ist: silber-, anthrazit- oder grünmetallic.«

»Silbermetallic würde mir sehr gut gefallen.« sagt My-Lady.

»Mir auch, unser Geschmack ist doch immer wieder in Übereinstimmung zu bringen.«

d. bestellt einen BMW 735i silbermetallic Automatik, aber zum Frust des Verkäufers ohne jeden Schnickschnack wie Powärmer, und nach vierzehn Tagen holen Luis und d. den Wagen ab.

My-Lady lässt sich von d. zu einer Probefahrt überreden.

»Auf geht's. My-Lady!«

d. führt My-Lady den Wagen vor, tolle Beschleunigung, tolles Kurvenverhalten bei Spurtreue, d. fährt scharfe Schlangenlinien, den 'Elchtest' gab's schon immer, nur der Name wurde erst in der Zeit dieser Niederschrift geprägt, weil Mercedes Wagen nur unzureichend Elchen ausweichen konnten. Und nun Speed: d. fährt zur nächsten Schnellstraße und beschleunigt den Wagen auf magere 200 km/h, er muss ja erst eingefahren werden, der 735 liegt ganz ruhig auf der Straße.

»Wird Ihnen zu heiß My-Lady, soll ich die Klimaanlage einstellen, welche Temperatur wünschen Sie?«

»Ja. 10 Grad Celsius.« d. stellt die Klimaanlage auf 10 Grad Celsius und friert nach kurzem und stellt sie wieder auf angenehme 22 Grad Celsius.

»Schönes Fahrzeug, nicht My-Lady, ganz beruhigend in allen

Fahrsituationen. Das Beste vom Besten.« sagt d. mit Überzeugung.

»Wollen Sie Ihren neuen Wagen ein wenig ausprobieren My-Lady?«

Fahrerwechsel.

»Wo ist denn die Kupplung dschi?« My-Lady hat offenbar noch nie einen Automatikwagen gefahren.

d. erklärt My-Lady kurz die Fahrstellungen N, P, D, und R. 1 2, 3 erklärt d. nicht, ebenso den Kickdown.

»N steht wohl für stehen, P steht wohl für Parken, ich parke in der Stellung N, N steht wohl für stehen, D steht wohl für driven, R steht wohl für rückwärts fahren, oder was das alles heißen soll, Hautsache ist: es geht.«

My-Lady fährt den Wagen sinnig verhalten und bemerkt dann nicht zuletzt wegen der präzisen Servolenkung, lenken mit nur dem kleinen Finger der rechten Hand.

»*Den* Wagen behalten wir! dschi.«,

und d. denkt 'Da hast Du auch gar keine andere Chance, Süße, denn der Wagen ist gekauft und bezahlt, ganz davon abgesehen, dass Du nichts Besseres auftreiben kannst, Pardon, dass Dein Privatsekretär nichts Besseres auftreiben kann'.

d. überlegt, ob er nun seinen alten Wagen abstößt, er entscheidet sich aber dagegen.

Er wird nur noch den BMW 735i fahren. Aber d. unterhält seinen alten Wagen noch jahrelang weiter, die Garage sieht doch ansehnlicher aus mit 3 Wagen als nur mit Zweien.

Das tägliche Leben auf My-Lady's Anwesen ist ruhig.

My-Lady geht ihren Tätigkeiten nach, Bertha geht ihren Tätigkeiten nach, Luis geht seinen Tätigkeiten nach, und d. geht seinen Pflichten nach.

Normalerweise dinieren My-Lady und d. gegen zwanzig Uhr, und ziehen sich dann in die Bibliothek zu smalltalks, wie d. das nennt, zurück.

Diese smalltalks verlaufen ganz unterschiedlich, gelegentlich

38

werden Ereignisse und Probleme betreffs My-Lady's Anwesen erörtert, manchmal werden weltbewegende Themen wie die Hochzeit eines Monarchen erörtert, manchmal werden auch ernste Themen wie 'Kernkraft Nein Danke, wohin mit dem Müll' diskutiert, häufig wird einfach intelligent rumgeblödelt, gelegentlich wird nur rumgeschmust.

Einen ganz typischen Verlauf eines smalltalks sei geschildert. Wie auch immer My-Lady und d. eines Abends auf die Thematik 'Kann man die Intelligenz/Blödheit eines Menschen an seinem Gesichtsausdruck schlüssig erkennen?' My-Lady und d. sind sehr schnell einer Meinung: Im Prinzip ja, aber ... gemäß Radio Eriwan.

»Ich möchte Ihnen mal etwas zeigen My-Lady, ich gehe mal eben in mein Privatbüro um eine Dokumentation zu holen, ich bin gleich zurück.«

Nach einer Minute ist d. schon wieder in der Bibliothek, mit einer Mappe angefüllt mit Bilddokumenten unter dem Arm.

»Eines meiner Hobbys ist das Sammeln von Fotodokumenten. Schauen Sie sich dieses Bild an, eine Aufnahme die vor fünfzehn Jahren gemacht wurde.«

»Ich kenne den Typen nicht, hab ich da was verpasst?« fragt My-Lady.

»Mit Sicherheit haben Sie nichts verpasst. Das ist aber nicht unser Thema. Wie beurteilen Sie seinen Gesichtsausdruck?« hält d. My-Lady vor.

»Offen, ehrlich, nicht dumm, vielleicht schon etwas verlebt für sein Alter, das ich auf 35 Jahre schätze.«

»Jetzt sehen Sie sich bitte dieses Bild an, derselbe Mann, 10 Jahre später, wie beurteilen Sie seinen Gesichtsausdruck?«

»Nichtssagend, stumpf.« lautet der knappe Kommentar von My-Lady, »was soll das?«

»Das werden Sie gleich sehen My-Lady.« d. zeigt My-Lady ein Foto von letzter Woche.

»Wie beurteilen Sie seinen Gesichtsausdruck?«

»Eindeutig blöd, gar keine Frage.«

»Jetzt ist der Minister My-Lady. Sie sollten den heute mal reden hören. Der muss die gleiche Rhetorik Schule wie Göbbels besucht haben.«

d. zeigt eine andere Fotoserie.

»Den kenne ich, der sieht auf allen Fotos aus wie ein naiver Bekloppter.«

»Aber My-Lady, der war Kanzler.«

My-Lady und d. amüsieren sich königlich. Sie kommen zu dem Schluss, dass muss an der Krawattentragerei liegen, wer sich seine Blutzufuhr zum Gehirn abschnürt, kann keinen intelligenten Gesichtsausdruck haben, und wer das nicht merkt verblödet sich selbst.

Bei Fotos von Frauen funktioniert das Spiel selbstverständlich auch.

My-Lady und d. können jedoch nicht so gravierende Unterschiede auf den Bildserien erkennen,

»Frauen tragen ja auch kaum Krawatten.« bemerkt My-Lady ironisch,

My-Lady und d. sind eher der Meinung, dass Frauen im laufe der Jahre einen intelligenteren, wacheren Gesichtsausdruck bekommen.

Beide sind sich aber völlig einig: Sie werden niemals über 'Blondinen-Witze' lachen können.

Eine Thematik: Ein sachliches Problem kann und wird ganz unterschiedlich interpretiert. d. hat hunderte/tausende Dokumentationen gesammelt, ist immer wieder einmal Gesprächsthema in der Bibliothek.

d. bemerkt eines Abends beim smalltalk mit My-Lady:

»Lustig My-Lady, innerhalb von einer Woche lese ich zwei Urteile von Gerichten in diesem Staat über das Abstellen eines Kinderwagens in einem Treppenhaus.«

»Das Abstellen eines Kinderwagens ist ein Problem?,« fragt

My-Lady erstaunt, »das ist doch grotesk.«

»Ja, in diesem Staat offensichtlich ein gravierendes Problem! Tausendfach werden darüber Rechtsstreitigkeiten geführt.« bemerkt d. launig.

»Urteil 1: einer Mutter im 2. Stockwerk eines Mietshauses, wird gestattet ihren Kinderwagen tagsüber im Treppenhaus abzustellen, und gewinnt daher die Klage auf Unterlassung.

Urteil 2: einer Mutter wird unter Androhung von Bußgeldern in Höhe von Fünfhunderttausend untersagt ihren Kinderwagen im Treppenhaus abzustellen.«

»Sie spinnen dschi.«

»Ich spinne?, Ja, Nein, ich zitiere nur My-Lady! Sie dürfen mich ruhig als Spinner bezeichnen, aber hier spinnen andere, daher unterhalten wir uns darüber My-Lady, ich hoffe zu Ihrer Kenntnisnahme und Ihrer Belustigung, denn ich kann darüber nur lachen! Lachen?, oder eigentlich nicht.«

d. kann genau deswegen nicht lachen, weil ein Verfassungsartikel 'Gleichheit vor dem Gesetz' existiert, vor welchem Gesetz eigentlich sinniert d.!

Fast jeden zweiten Abend wird auf Wunsch von My-Lady der smalltalk in My-Lady's Bett beendet. Manchmal auch in der Bibliothek. My-Lady ist da sehr einfallsreich. d. muss dann wirklich mal arbeiten.

Eines abends sagt My-Lady zu d.:

»Ich möchte Sie bitten mit mir ein kleines Experiment zu wagen. Sie dürfen an meiner linken Körperhälfte alles tun, was Ihnen und hoffentlich mir gefällt, die rechte Körperhälfte ist heute vollkommen tabu, die dürfen Sie noch nicht einmal berühren.«

'Das hört sich nach einem einfachen Job an.' denkt d. und legt los, für Experimente ist d. immer zu haben. Ein bisschen am linken Ohrläppchen knabbern, mit der Zunge ins linke Ohr fahren, bisschen linken Busen grapschen und streicheln und küssen, My-Lady in die linke Taille beißen, da ist sie besonders kitzlig, den Innenschenkel küssen et cetera.

»Nun dürfen Sie bis zur Mitte gehen und leicht darüber hinaus.«

Also kann d. auch den Bauchnabel mit einbeziehen und einen Akt durchführen, der sich auf Grund der Auflagen von My-Lady als recht akrobatisch erweist.

Nach diesem Experiment wurde My-Lady drei Tage und Nächte nicht mehr gesehen. Sie hat sich offenbar in ihre Privatgemächer zurückgezogen. d. wird eines Tages den Grund erfahren.

d. lebt nun fast drei Jahre schon bei und mit My-Lady, als Bertha eines abends bei My-Lady's - d.'s smalltalk in der Bibliothek, gerade wird heftig über ein neues Buch diskutiert, erscheint und fragt:

»Kann ich heute Nacht etwas für Sie tun Lady?«

»Bertha, Sie müssen sich doch nicht dschi's albernen Redewendungen anschließen.«

»Pardon, wir: Luis, dschi und ich empfinden Sie aber als Lady.«

»Auch das noch, bleibt mir in meinem Leben Nichts erspart?« murmelt My-Lady vor sich hin, und spricht dann wieder in normalem Tonfall:

»Ich glaube Bertha, wir überlassen den Job mal dschi. Er wird schließlich von mir dafür bezahlt. Ich hoffe ich kränke Sie damit nicht Bertha. Wir testen das einfach mal, ob dschi wirklich irgendein Feingefühl entwickeln kann. Lieb von Ihnen, dass Sie daran gedacht haben. Ich glaube ich hätte das vergessen. So ist das nun mal, wenn man keinen Kalender mit sich herrumträgt.«

Bertha ist entlassen und My-Lady sagt knapp:

»Punkt zweiundzwanzig Uhr möchte ich Sie auf meinem Zimmer sehen!« und d. versteht nichts. d. sprintet in sein Privatbüro, ruft die IBM-Time auf und stellt fest, es ist einundzwanzig- Uhr-neunundfünfzig. Nun aber los, wie d. das nennt, und steht pünktlich vor My-Lady's Tür, noch bevor My-Lady da ist.

»Schon so spät?«

»Ja, es ist zweiund-Uhr-zwanzig!« und d. merkt sich das Datum: 5. Mai.

»Heute Nacht brauche ich einen Bodyguard dschi. Sie bleiben hier und bewachen mich. Sie können im Sessel sitzen oder sich an mich kuscheln, aber schlafen Sie nur nicht ein bis ich aufwache.«

d. entscheidet sich fürs Kuscheln, und harrt der Dinge die nun auf ihn zukommen mögen; er hat nicht die leiseste Vorstellung was auf ihn zukommt und zweifelt an seinem Zartgefühl.

Gegen ein Uhr in der Nacht wird My-Lady unruhig. Sie wälzt sich im Bett herum, wirft die Bettdecke zur Seite und transpiriert stark, sie wird klitschnass wie d. das nennt. My-Lady erlebt irgendwie einen Albtraum. d. weiß nicht so recht was er tun soll. Soll er My-Lady wecken? Er entschließt sich, sie schlafen zu lassen. Er tupft ihr Gesicht von Zeit zu Zeit mit einem Handtuch ab, und spricht leise, beruhigende Worte. Ein kleines bisschen hilft das, doch My-Lady's Albtraum ist sehr intensiv. d. bleibt nichts anderes übrig, als zu warten, und aufzupassen, dass My-Lady sich nicht selbst irgendetwas antut. Das scheint sein Job zu sein. Manchmal schlägt sie wild um sich und d. bekommt ordentlich was ab bei Beruhigen und Aufpassen, dass My-Lady sich nicht verletzt. Gegen vier Uhr morgens entspannt sich My-Lady, doch d. bleibt wach auf seinem Posten bis My-Lady aufwacht und d. wach im Sessel sitzend vorfindet.

»Danke.« damit ist d. für den Tag entlassen und darf nun seinerseits schlafen. Zu seinem blauen Auge nimmt My-Lady keine Stellung, vielleicht hat sie es noch nicht einmal bemerkt.

d. berät sich mit Bertha.

»Kommt das häufiger vor?« fragt er sie.

»Exakt zweimal im Jahr, immer in denselben Nächten. Ich gebe Ihnen mal das nächste Datum: 3. September.«

»Kennen Sie die Ursachen?«

»Nein, darüber wurde nie gesprochen. Unsere Lady behält ihre Geheimnisse für sich. Das wissen Sie doch dschi, Sie behalten Ihre, ich behalte meine und Luis hat keine. So einfach ist das.«

Jahre später entdeckt d. einen Zusammenhang des 3. Septembers zu My-Lady's Leben. Es ist der Todestag ihres Ehemannes. Den Grund für ihre Albträume am 5. Mai erfährt d. nie. Doch von nun an sind der 5. Mai und der 3. September seine Tage.

Das Geheimnis

My-Lady verbringt Tag für Tag mindestens 9 Stunden allein in ihren mit einer Stahltür abgesicherten und abgeschlossenen Pri- vatgemächern.

Eines Abends, fast 2 Jahre lebt d. in My-Lady's Haus, passiert es.

Nach dem üblichen gemeinsamen Diner mit My-Lady geht d. noch in die Bibliothek um etwas aufzuarbeiten. Er muss zwei Vorgänge raussuchen über die er eine Zahlungserinnerung erhält, aber momentan glaubt d., die Rechnungen nach Prüfungen beglichen zu haben. d. kann sich aber nicht genau erinnern, das heißt langwierige Sucherei in Dateien und Papieren. Somit stapelt sich Ordner für Ordner, Papier auf Papier auf seinem Arbeitstisch.

My-Lady schaut noch kurz vorbei, aber als sie das Chaos sieht macht sie sich rasch wieder davon mit der Bemerkung:

»Völlig entnervt dschi? Das ist doch bei Ihrem Ordnungssinn sonst nicht Ihr Arbeitsstil.«

Aber zu d.'s Arbeitsstil gehört immer das vollständige Auf-räumen nach getaner Arbeit. Folglich sortiert d. nach beendeter, erfolgreicher Suche alle Papiere wieder zusammen und bringt alle Ordner wieder auf ihren, von d. verordneten Platz.

Dabei findet er unter dem untersten Papierstapel einen Sicher-heitsschlüssel bester Güte, den er noch niemals gesehen hat.

Das kann nur der Schlüssel zum Allerheiligsten von My-Lady sein. Nicht einen einzigen Augenblick nimmt d. an, dass My-Lady den Schlüssel, da wo er lag, unbewusst hingelegt und dann vergessen hat.

d. sollte diesen Schlüssel finden, da ist sich d. sofort sicher.

Eine gute halbe Stunde seit Auffindung des Schlüssels grübelt d. was My-Lady damit bezwecken will.

Will My-Lady d. mit ihren Giftschlangen umbringen?

Ein richtig absurder Gedanke.

d. erarbeitet eine Alternative.

Entweder möchte My-Lady, dass d. sich klamm heimlich in ihre Räume stiehlt oder sie möchte mit Risiko d.'s Ehrlichkeit testen. Die Versuchung ist für d. fast unüberwindlich, sich einfach rauf zu schleichen und My-Lady's Geheimräume zu besichtigen. Neugierig ist d. schon, das muss er sich eingestehen, aber er widersteht der Versuchung.

d. geht zu My-Lady's Schlafzimmer. Offenbar wird er schon erwartet. Bevor er anklopft hört er schon:

»Kommen Sie ruhig herein d., ich erwarte Sie schon. Sie haben aber lange rumgeschnüffelt, ich hätte Sie schon vor einer halben Stunde hier erwartet.«

»Es tut mir leid My-Lady wenn ich Sie enttäusche, ich habe Ihr Heiligtum nicht betreten, obwohl die Verlockung beinahe übermächtig war.«

»Sie sind ein Feigling dschi.«

»Ich glaube mein Verhalten hat nichts mit Feigheit zu tun. Ihre Giftschlangen können meine Camel-Boots nicht durchbeißen und meine Machete ist in meiner Hand weit schneller als jede noch so giftige Schlange, und Lixe können prinzipiell nur Männer erzeugen, wie Clive Barker so treffend beschreibt.«

»Lixe dschi noch erwas perwerser geht wohl nicht. Sie sind wieder umwerfend komisch dschi, genau das was ich an Ihnen so schätze. Also werfen Sie mich um.«

My-Lady und d. treiben es wieder einmal die ganze Nacht fast so intensiv wie in der allerersten Nacht.

Am späten Morgen wacht d. das erste Mal im Bett von My-Lady auf. My-Lady schläft noch und d. kuschelt sich noch ein bisschen an My-Lady. Als My-Lady aufwacht sagt sie:

»dschi, Sie sind noch hier, heute scheint mein Glückstag zu sein, ich erspare mir die ewig lange Suche nach Ihnen. Wir ziehen uns etwas an, dann möchte ich Ihnen etwas zeigen. Ihre Camel-Boots müssen Sie hierzu nicht anziehen und Ihre Machete können Sie getrost da lassen wo sie zur Zeit ist.«

d. ahnt Böses.

Er muss sich aber als My-Lady's Angestellter auch auf Unannehmlichkeiten einstellen können.

My-Lady führt d. durch die Stahltür in ihre geheimen Räume, und was d. zu sehen bekommt wirft ihn fast um.

Sie unterhält ein recht modern eingerichtetes und gestaltetes, oder sagt man heute gestyltes, Apartment. Linke Hand vom Ein- gang befindet sich hinter der ersten Tür ein Duschbad, hinter der zweiten Tür eine Teeküche.

Rechte Hand vom Eingang befindet sich hinter der ersten Tür ein Wohnraum mit moderner Ledergarnitur, modernen Schränken, moderner Teppichauslegware, et cetera. d. muss schmunzeln, entdeckt er doch ein Radio und einen Mini-Fernseher doch keinen PC.

Auch My-Lady ist Schwarz-Hörer und Schwarz-Seher, Pardon Schwarz-Hörerin und Schwarz-Seherin, wie d. wohlwollend vermerkt.

Als My-Lady d. durch die letzte Tür im Eingangsflur führt, wirft es ihn wirklich um was er zu sehen bekommt.

Luis Vermutung, dass My-Lady einer schöpferischen, künstlerischen Tätigkeit nachgeht, kann nur bestätigt werden.

Das Schlitzohr Luis muss mehr gewusst haben als er d. gegenüber zugeben wollte. Eventuell hat er mal My-Lady mit Farbflecken an den Händen gesehen und sich seinen Reim darauf gemacht.

My-Lady führt d. in einen circa 100 Quadratmeter großen Raum, der nur Atelier genannt werden kann. Ein heller lichter Raum, mit spärliche künstlichen Beleuchtungsmitteln ausgestattet.

My-Lady ist Malerin.

Hunderte, wenn nicht Tausende, Bilder stehen in ihrem Atelier herum. Alle Bilder sind offenbar von ihr gemalt.

d. ist Banause.

'Gute Kunst' kann er von 'schlechter Kunst' oder Kitsch nicht so recht unterscheiden. d. erinnert sich an eine Picasso-Ausstellung in der wirklich hervorragende Arbeiten präsentiert wurden, aber auch haufenweise alberner Schrott. Den künstlerischen Sinn eines geradezu primitiv gefertigten Gipsschafes kann d. Nicht

erkennen. Müll?, Schrott? sogar Sondermüll??

Was My-Lady über Jahre geschaffen hat fasziniert d.. Atemberaubend Bild für Bild, in einem Malstil den er noch niemals gesehen hat, in einer unübertroffenen Ausdrucksstärke in Form und Farbgebung.

d. ist sprachlos. Etliche Minuten benötigt d. um nur noch stammeln zu können:

»Sie sollten unbedingt Ihre Werke unverzüglich der Öffentlichkeit, sprich der Kunstwelt, zugänglich machen. Sie versündigen sich wenn Sie dies nicht tun. Ich werde sofort Fotos machen und die besten und namhaftesten Galerien kontaktieren. Unbedingt muss unverzüglich eine Ausstellung erfolgen. Ich werde sofort einem neuen Job als Ihr Kunst-Manager wahrnehmen.«

»Nichts von Alledem werden Sie tun dschi! Ich *verbiete* es Ihnen! Ich werde Sie fristlos feuern und alle meine Werke vernichten, sollten Sie es wagen in dieser Richtung irgendwie eigenmächtig tätig zu werden.«

d. denkt nach. Vermutlich mehrere Minuten, er hat kein Zeitgefühl mehr. Er begreift My-Lady's Verhalten. Das geradezu Phantastische ist, dass zwischen My-Lady und d. immer wieder ein geistiger Einklang durch Denken hergestellt wird.

»Pardon,« sagt d., »ich habe mich hinreißen lassen.«

und nun ganz leise nur für sich »Schade um Ihre Werke.«

d. findet zu seiner normalen Sprache zurück und sagt:

»Wenn ich Ihnen hier oben irgendwie helfen kann lassen Sie es mich wissen, es liegt im Rahmen unserer Verträge.« und geht.

»Ja, mein Wasserhahn in meiner Teeküche tropft. Wenn Sie sich bitte darum kümmern würden.«

An der Stahltür wendet sich d. um und fragt:

»Warum My-Lady, haben Sie Ihr so streng gehütetes Geheimnis mir nun offenbart? O.K. es bleibt ein Geheimnis, das verspreche ich Ihnen.«

My-Lady ist ein wenig enttäuscht, d. ist Banause und bleibt(?) Banause, so dass My-Lady wieder keinen kompetenten Gesprächspartner in Sachen ihrer Kunst gefunden hat und somit in ihrer Kunstwelt oder sollte es besser Welt der Kunst heißen? allein bleibt. Sie verspricht d. aber eine intensive Kunstschulung.

d. erhält selbstverständlich keinen eigenmächtigen Zugang zum Atelier von My-Lady, darf sie aber besuchen und unterhalten. Doch diese Unterhaltungen laufen in aller erster Linie darauf hinaus, dass My-Lady d. versucht Kunst zu lehren.

Nach einem Jahr kann d. schon stundenlang über Kunst reden, d. muss sich aber eingestehen, viel verstanden hat er nicht. Technische Redewendungen hat d. gelernt, Malstile, Pinselarten, den Einsatz von Spachtel, Strichführungen und Farben kann d. nun unterscheiden, doch den Sinn, den zugehörenden Gedanken auf den Bildern von My-Lady, vermag d. nicht schlüssig zu erkennen. Der Stil ist eindeutig expressionistisch - surrealistisch, aber für d. zu abstrakt, obwohl d. als Mathematiker abstraktes Denken nicht fremd ist.

My-Lady lässt es sich nicht nehmen d., nach einem Jahr Schulung, einer Prüfung zu unterziehen. Alle Fragen kann d. fehlerfrei beantworten, nur die wesentlichen nicht: Was stellt dieses oder jenes Bild eigentlich dar? d. muss passen, er kann sich nach wie vor nicht so recht in die Gedankengänge des Künstlers, der das Bild geschaffen hat, hineinversetzen.

»Sie sind durchgefallen dschi. Sie haben die Prüfung nicht geschafft, mehr als eine 5+ ist nicht drin! Das langt nicht. BASTA.«

d. ist stolz auf sich, hat er doch keine 6- hinnehmen müssen, wie er erwartet hat.

»Ein 95 %iger Banause ist immer noch ein 100 %iger Banause, auch wenn Sie eventuell anders rechnen. Wenigstens ein Ausreichend dürfte doch zu schaffen sein. Sie wiederholen die beiden letzten Semester! BASTA.« bestimmt My-Lady.

»Ihre Rechnung ist auch im Sinne der modernen Mathematik völlig richtig My-Lady, das ist nur eine Frage der Definition.« rettet sich d. aus der Situation.

My-Lady's Kunstschulung für?, gegen?, an? d. geht weiter und führt nach einem weiteren Jahr zu einer erneuten Prüfung.

Das Ergebnis ist eine 4-. d. nimmt das Resultat gelassen auf.

»Ich drücke mal ein Auge zu und korrigiere auf Note 4, da Sie überdurchschnittliche Fortschritte gemacht haben. Die eine oder andere Bewertung Ihrer Antworten ist Auslegungssache.

BASTA. Damit haben Sie die Prüfung man grade so geschafft dschi BASTA. Eine Auflage erteile ich Ihnen aber: Bewerben Sie sich nun nicht als Kunstprofessor an der nächsten Kunsthochschule. Ich würde das Zeugnis als Fälschung enttarnen. BASTA.«

Woher hat My-Lady das Wort 'BASTA' denkt d., fragt aber nicht danach, er kann es sich denken, von ihrem Kunstlehrer. Jaja denkt d., von deinem Lieblings Mathematiklehrer auf der Universität hast du auch ein Wort in deinen Sprachgebrauch übernommen: 'PIPAPO'.

d. bedankt sich mit einem launigem Diener für das wohlwollende Entgegenkommen und dem guten Ratschlag von My-Lady bei My-Lady und sinniert vor sich hin: Ist nicht auch ein 75 %iger Banause immer noch ein 100 %iger Banause?!

d. tröstet sich, wird doch die Schulung sicherlich fortgesetzt, wenn nun auch auf höherem Niveau. Ob d. da mithalten kann ist sehr fraglich.

d. darf nun nach bestandener erster Prüfung My-Lady helfen Rahmen zu erstellen und Leinwände aufzuziehen, My-Lady passt sich nicht der Malerei auf dem billigen, primitiven Hartfasermaterial an. Da ist My-Lady ganz konservativ. d. besucht

My-Lady nur selten in ihrem Atelier, er weiß doch, dass sie am allerliebsten allein ist um sich ohne Ablenkungen und Störungen ihren selbstgestellten Aufgaben widmen zu können.

d.'s Kunsterziehung mit seinem strengen Lehrer My-Lady geht weiter. Einer Abschlussprüfung unterzieht sich d. erst nach weiteren vier Jahren.

d. schafft eine 2- und empfindet die Note als ungerecht, hat er doch mit einem 'magna cum laude' gerechnet.

Alle Fragen hat d. richtig beantwortet, lediglich an der Interpretation von My-Lady's Bildern scheitert er.

»Tut mir leid My-Lady, was Sie in ihrer Malerei zum Ausdruck bringen wollen, bleibt mir bis heute verschlossen.« Niemals hat My-Lady auch nur die leiseste Andeutung gemacht.

»Eines Tages dschi, da bin ich mir ganz sicher, kommen Sie dahinter. BASTA«

d. zieht sich, innerlich grinsend, äußerlich schmollend mit seinen Zeugnis zurück. Wenigstens muss er nicht eigene Bilder malen, denn die würde My-Lady mit Sicherheit nicht interpretieren können.

d. würde ausschließlich My-Lady surrealistisch malen, die Bilder PIPAPO nennen und behaupten sie bringen 'BASTA' zum Ausdruck.

Ein 15 %iger Banause ist immer noch ein 100 %iger Banause! beschließt d. und entwirft, und fertigt auf seinem Rechner eine Karikatur von My-Lady, die er ihr beim Diner stilvoll überreicht.

»Sehr gut gelungen.« ist der einzige Kommentar von My-Lady dazu.

Spannung

Jahrelang führt d. mit und bei My-Lady ein ruhiges zufriedenes Leben.

Eines Tages eröffnet d. ein Dinergespräch mit:

»Es ist nicht unüblich My-Lady, dass Angestellte von Zeit zu Zeit eine Lohnerhöhung erhalten.«

»Also dschi das ist doch die Höhe! Sie plündern mich nach Strich und Faden hier in schamlosester Weise aus und das scheint Ihnen noch nicht zu genügen. Allein Ihr aufwendiges Privatbüro hat mich doch ein kleines Vermögen gekostet.«

d. ist leicht eingeschnappt.

»Lassen Sie uns das Diner beenden und halten dann eine kleine Konferenz in der Bibliothek ab.« entgegnet d..

Das Diner wird schweigsam beendet. Nach Beendigung des Diners verabreden My-Lady und d. sich in einer halben Stunde in der Bibliothek zu treffen.

d. eröffnet das Gespräch.

»Ich bitte Sie, My-Lady, um ein rein sachliches Gespräch. Ihre gegen mich erhobenen Vorwürfe und Anschuldigungen werden sich als vollständig ungerechtfertigt erweisen. Ihre Aufwendungen gegen mich sind einzig die zwischen uns vertraglich Vereinbarten. Seien Sie ganz versichert My-Lady, ich verdiene hier schon mein Geld. Sie sind nachweislich seit meiner Beschäftigung weit besser gestellt als vorher. Ihre Kosten, die Sie vorher außer Haus für Verwaltung, Reparaturen Instandhaltungen et cetera aufgewendet haben, werden nun weitestgehend von mir erledigt.

Als persönlichen Angriff werte ich Ihre Behauptung:

Sie My-Lady haben mein, in der tat aufwendiges Privatbüro, finanziert.«

»dschi, wenn Sie mich total verscheißern wollen, müssen Sie doch etwas früher aufstehen und reichlich früher schlafen gehen, als es Ihren momentanen Gewohnheiten entspricht.«

Das Wort 'verscheißern', hat Luis im Interesse von My-Lady hoffentlich nicht gehört, d. fürchtet eine fristlose Kündigung von Luis, wenn seine Lady zu ordinär wird.

»Einen kleinen Augenblick My-Lady, ich bitte noch einmal um ein rein sachliches Gespräch.«

»Wollen Sie damit behaupten, dass Sie sich in keinerlei Weise aus meiner Kasse bedienen?« fragt My-Lady.

»In der Tat. Ich werde mal eben zwei Aktenordner aus meinem Büro holen.«

d. trabt mal eben zu seinem Büro und holt die Dokumente.

»Sie werden unschwer erkennen, dass alles, aber auch alles Inventar meines Privatbüros von meinem Privatkonto beglichen wurde und damit mein alleiniges Eigentum ist. Wir können eine lange Bestandsliste erstellen, und sie mit den Belegen vergleichen. Gehen wir bitte in mein Büro.«

My-Lady und d. wechseln den Tagungsort. My-Lady ist sichtlich geschockt.

»Weisen Sie auf einen Gegenstand in diesem Raum und ich belege Ihnen sofort eine Zahlung über *mein* Konto.«

My-Lady weist auf den zarten wuchtigen Schreibtisch in der Größe 2.8 x 1.2 m². d. sucht kurz die Rechnung mit Zahlungsbelegen heraus und präsentiert diese My-Lady.

Sie muss anerkennen, dass sie von d.'s privatem Konto beglichen wurde. Da auf der Rechnung fast das gesamte Mobiliar steht, da d. die Einrichtung komplett gekauft hat, erübrigt sich weiter über Möbel zu sprechen.

»Aber Ihre Computer dschi«

»Es ist richtig My-Lady, in einer Bestellung habe ich Ihre Anlage und meine Anlage gekauft. Dies aus Gründen von Rabatten, Preisnachlässen, Steuermet cetera. Meinen Teil habe ich von meinen Gehaltsforderungen abgezogen.«

d. präsentiert Gehaltsüberweisungen, die eindeutig diese Abzüge bestätigen. Einen kleinen Ratenkredit zu Gläubiger My-Lady hat d. sich schon erlaubt.

d. hatte damals wirklich geglaubt in seine Computeranlage mittelfristig stabil investiert zu haben. Die Entwicklung im Laufe der Jahre lehrt ihn das Gegenteil. d. hat Bill Gates unterschätzt.

Bill Gates erweist sich als das größte Schlitzohr aller Zeiten. Immer neue Betriebssysteme und neue Anwendersoftware und updates vorhandener Programme führt automatisch zur Anschaffung neuer Rechner. Dieses geschickte endlos?-Spiel des Bill Gates hat ihn unter Umgehung jeder Produkthaftung innerhalb von 20 Jahren zum reichsten Mann der Welt gemacht. Na wenigstens verfallen die Preise für die Rechner total.

»Sie können Gegenstand für Gegenstand in meinem Büro nennen, und ich lege ihnen von mir geleistete Zahlungen vor. Dies auch über Tapeten, Farben, Vertikaljalousetten, Fußboden et cetera«

My-Lady ist einsilbig bis sprachlos geworden.

d. setzt noch nach:

»Das Telefon in diesem Ihrem Hause habe ich umgestellt. Es existieren nun drei Anschlüsse, alle laufen auf Ihren Namen. Die laufenden Kosten für meinen privaten Anschluss, der größte Posten in der Rechnung, da ich über mein Modem weltweit kommuniziere, wird von mir bezahlt.«

d. zeigt Belege.

»Meine von Ihnen erteilten Vollmachten ermöglichen mir, Sie My-Lady, in kürzester Zeit völlig auszuplündern. Es wäre nur eine Frage des rechtzeitigen Absetzens. Wenn ich mein Konto, auf dem ich klamm heimlich Ihre Gelder überwiesen hätte, klamm heimlich auflösen würde, meine Software einsacke und mal eben sage 'ich fahre mal kurz in die Stadt zur Bücherei' und mit Ihrem oder meinem Auto über die nächste Grenze verschwinde, bin ich wohl kaum angreifbar.«

»Ich bin sprachlos dschi, ich bin wohl wirklich naiv.«

»Ja wirklich naiv! Aber naiv heißt doch nur Gutgläubigkeit, die aber in Dummheit umschlagen kann. Ich habe bei Ihnen eine

Vertrauensstellung. Sie haben mir vorhin Unredlichkeiten unterstellt.

Um dieses leidige Problem aus der Welt zu schaffen muss ich Sie *dringend* bitten eine Buchprüfung vornehmen zu lassen. Den Prüfer bestimmen selbstverständlich Sie.«

»Lassen Sie's gut sein dschi. Sie haben mich von Ihrer Redlichkeit überzeugt.«

»So einfach geht das nicht My-Lady. Ich arbeite hier nur wenn ich Ihr volles Vertrauen genieße, dieses Vertrauen muss *echt* sein. Ich bestehe auf einer regelmäßigen Buchprüfung von Ihnen oder einem neutralen Prüfer. Misstrauen, auch unterschwelliges, wird unsere Beziehung nachhaltig stören. Das wäre wirklich sehr schade.

Ich will ja nicht wie so ein Politspinner agieren:

'Ich bin ein von Ihnen gewählter Parlamentarier, und wenn Sie nun nicht unterschreiben, was allein ich will, *drohe* ich ihnen meinen Rücktritt an.'

Er kann drohen? Er kann zurücktreten wenn er meint, dass er Beschlüsse gewählter Gremien nicht vertreten kann.

Übersetzt in unsere Beziehung:

'Ich bin ein von Ihnen bezahlter Angestellter, und wenn Sie nun nicht unterschreiben, was allein ich will, *drohe* ich ihnen meinen Rücktritt an.'

In unserer Beziehung sollte es es einfacher sein.

Unsere Bindungen, wir lassen jede persönlich private Beziehung an dieser Stelle unberücksichtigt, sind vertraglich geregelt und lassen sich in den vereinbarten Fristen beidseitig aufheben.«

My-Lady und d. vereinbaren in angemessenen Zeitabständen die wirtschaftliche Lage gemeinsam zu prüfen.

»Na schön dschi, ich muss mich für meinen Verdacht und mein Benehmen entschuldigen, ich hätte wirklich nicht geglaubt, dass Sie so dusselig sind.

Eine 10 % Gehaltserhöhung ist genehmigt. Darüber hinaus ist in

Logis auch die Benutzung des Telefons enthalten, das steht auch in unserem Arbeitsvertrag. Rechnen Sie diesen Unsinn zurück dschi, damit habe ich Sie wenigstens einen halben Tag wieder sinnvoll beschäftigt.

Aber bitte, wer unterhält Ihre Katze?«

»In unserer Gesellschaft ist Ehrlichkeit wohl wirklich Dusseligkeit, aber wir leben hier bewusst als Outsider weitestgehend abgekoppelt von der Gesellschaft.

Was die Katze betrifft eindeutig Sie My-Lady, für jeden der hierarbeitet ist Kost und Logis inbegriffen.«

»Sie wollen mir doch nicht weismachen, dass Ihre Katze hier arbeitet.«

»Meine Katze ist mein Kompagnon, mit der eindeutigen Aufgabe betraut Ihr Anwesen, My-Lady, mäusefrei zu halten. Als Kammerdiener kann ich noch fungieren, aber nicht als Kammerjäger. Sie müssen zugeben, dass meine Katze ihrer Aufgabe voll gerecht wird, ich habe hier noch keine Maus gesehen.«

»So, so. Ich habe auch zu Zeiten vor der Anschaffung Ihrer Katze hier keine Mäuse gesehen.«

»Nicht alles was man nicht sieht ist auch nicht existent. Apropos, wer wird denn gelegentlich beim Schmusen mit meiner Katze beobachtet? Doch eindeutig Sie My-Lady.«

»Sie sind richtig weibisch dschi. Immer müssen Sie das letzte Wort haben.«

»Schwule sind so.«

»Also nochmals das letzte Wort. Dieses einzige Mal behalte ich das letzte Wort. Wenn Sie schwul sind, bin ich die totale Lesbe gemäß 'Anni get your gun' , 'alles was Du kannst kann ich viel besser....' und behaupte schlicht Männer, auch Schwule, sind mir richtig eklig. Männer sind Säue.«

d. nimmt die Herausforderung an, hat er doch My-Lady erst vor drei Tagen erklärt, was in der Programmierung eine Endlosschleife ist.

d. entschließt sich zu:

 WHILE widerrede *DO* widerrede;.

»Männer sind allenfalls mit Ebern zu vergleichen.«

Er macht sich zu seinem und auch nach wenigen Wortwechseln zu My-Lady's Vergügen zu einem immer lustiger werdendem Palaver auf. Rede von einer Seite führt *immer* zu einer Gegenrede der anderen Seite. Dieses Palaver wird bis ins Bett von My-Lady weiter geführt.

....

»dschi, seit wann praktizieren wir dienstags nicht die Missionarsstellung?«

»Sie irren My-Lady, es ist schon Mittwoch.«

My-Lady hat wie auch d. gar keine Uhr.

»Das kann nicht sein, meine Uhr zeigt 23:22 an.«

....

Wer diese Art Wette gewonnen hat, wer wirklich das letzte Wort gehabt hat, ist nicht mehr nachprüfbar, weil beide irgendwann einschlafen.

Gentlemanlike spricht d. auch innerlich den Punkt My-Lady zu.

Im Verlaufe der Jahre gab es einmal einen richtigen Ärger, wie das so häufig woanders ist geschieht, aus völlig nichtigem Anlass.

My-Lady zieht sich gelegentlich für mehrere Tage in ihr Atelier zurück, und ward von niemanden gesehen. Der längste ununterbrochene Aufenthalt dauerte einmal sieben Tage.

Am fünften Tag fragt d. Bertha, ob man nicht einmal nachsehen sollte, zumal My-Lady's Telefon ununterbrochen besetzt ist. Es könnte doch etwas passiert sein.

»Sicherlich nicht.« sagt Bertha, »ich kenne die Lady, die ist putzmunter. Sie will nur im Moment nicht gestört werden.«

»Wie Sie zu dieser Auffassung kommen, sollten Sie mir erklären liebe Bertha.«

»Sie isst, ich mache ihr Tag für Tag etwas fertig, und das ist am

nächsten morgen weg, nur schmutzige Teller sind dann aufzu-
finden. Oder klauen Sie das Essen dschi. Ihre Katze kriegt die
Kühlschranktür nicht auf und Luis weiß Bescheid.«

»Es besteht also kein Grund zur Besorgnis?« fragt d..

Bertha nickt nur.

Eines abends, nachdem My-Lady vier Tage lang
ununterbrochen in ihrem Atelier verbracht hat, rauscht sie
gegen zwanzig Uhr, d. hat keine Zeit mehr seine IBM-Time
aufzurufen, ohne anzuklopfen in d.'s Privatbüro und schimpft,
sie kreischt schon, etwas ungehalten, d. erkennt das an ihrer
Tonlage:

»Was haben Sie sich in meinem Erker zum Zugang meines
Ateliers gedacht. Ich arbeite intensiv vier Tage lang, und finde
dann einen Saustall da oben vor. Wer hat Ihnen erlaubt meine
Rokokotapeten zu entfernen!?, wer hat Ihnen erlaubt eine
dermaßen hässlichen Anstrich in dem Erker anzubringen?!, wie
sieht das da oben aus: wie ein Saustall!«

My-Lady lässt sich zu immer weiteren Schimpfkanonaden auf
ihn, den armen d., hinreißen.

d. erwidert nichts. Er wird das Gefühl nicht los, dass My-Lady
Frust und damit Dampf ablassen muss. Er ahnt, dass sie vier
Tage lang ununterbrochen an einem Bild gearbeitet hat, ihre
Vorstellung aber nicht hat realisieren können, da kommt Frust
auf. Gerade vor ein paar Tagen hat d. das Wort 'niedrige
Frustrationstoleranz' gelesen und hat lange über die Bedeutung,
ohne Ergebnis nachgedacht. Ist das, was My-Lady treibt
'niedrige Frustrationstoleranz'?

Richtig ist, dass der Erker dringend sanierungsbedürftig war,
richtig ist, dass der Erker feucht bis durchnässt war, richtig ist,
dass der Erker schon muffelig roch. Genau aus diesen Gründen
hat d. die Rokokotapete, die ja allenfalls Rokokodesigntapete
genannt werden kann, entfernt, den nassen losen Putz entfernt,
den Erker neu verputzt und eine Innenisolierung aufgebracht,
die wirklich nicht ein Farbanstrich genat werden kann,

58

hässlich schlingierendes weiß-rosa der Isoliermasse.

In dieser Bauphase mit ordentlich aufgeräumter Baustelle, kein Schutt, kein Dreck, hat My-Lady ihr Atelier verlassen und den ungewohnten Anblick erdulden? müssen.

d. baut weiter an dem Erker. Er verlegt neue Leitungen, er klebt weiße Leinentapete an Decken und Wänden, schleift und versiegelt den Eichenfußboden, montiert neue Fußbodenleisten aus Eiche, montiert eine neue Halogenbeleuchtung und montiert als Tupfer in dem Erker ein Andy Wharhols Original-limiertes Bild aus der Hasenserie, genau richtig beleuchtet.

Als die Bauerei von d. fast abgeschlossen war bemerkt My-Lady:

»Mir gefällt der Erker recht gut, wie Sie ihn hergestellt haben, irgendwie kann ich mich auch an Ihre geraden sachlichen Linien gewöhnen. Ich bevorzuge sie ja auch in meinem Atelier.«

»Sachliche Linien werden mit jeder sanierenden Änderung Ihres Hauses von mir vorgenommen. Es ist mittlerweile der gesamte Keller saniert, technisch und optisch. Ich habe die Küche, Bertha's und Luis' Räume saniert, immer gerade sachlich. Alles geschieht zur Erhaltung Ihres Anwesens.«

»Meine Privaträume bleiben wie sie sind! Endgültig.«

d. hat nichts dagegen, zumal er keinen alleinigen Zutritt in ihre Räume, Privatgemächer und Atelier hat, und wirklich nicht beabsichtigt hier Umbauten vorzunehmen, wenn sie nicht zwingend erforderlich sind oder von My-Lady gewünscht werden.

Der Zorn von My-Lady wegen des Erkers verraucht wieder. My-Lady und d. nehmen wieder das gewohnte gemeinsame Leben auf, bestehend aus gemeinsamen Diner, langen intelligenten Gesprächen in der Bibliothek, kuscheln, schmusen und bumsen.

Orgien

My-Lady und d. veranstalten gelegentlich auf Anordnung von My-Lady als Chef zu ihrer und d.'s Vergnügen so richtig schöne unbürgerliche, unziemliche, unmanierliche Orgien.

Eines abends sagt My-Lady zu d.:

»Ich sehe Sie heute abend um Punkt zweiundzwanziguhrdreißig Ihrer IBM-Time, was immer das ist oder sein mag, bei mir. Ein Spezialauftrag wird Sie, lieber dschi, erwarten.« schmeichelt sie.

d. schwant Böses.

Völlig pflichtbewusst erscheint d. pünktlich, sauber da geduscht und neu bekleidet, bei My-Lady. Und d. wundert sich mal wieder, warum My-Lady die IBM-Time nicht verstehen kann oder will wie d., ist sie doch weit intelligenter als er.

»Ich möchte, dass Sie sich in meinem Beisein selbst befriedigen dschi«.

»Was soll das für einen Sinn machen?« fragt d. etwas verwirrt, auch wenn er My-Lady recht gut kennt, oder zu kennen glaubt, ist er doch gelegentlich etwas überrascht.

»Nun los dschi, wie Sie das nennen, und ich möchte Fotos von diesem Vorgang machen. Sie sind doch kein Feigling, das habe ich schon anders erlebt.«.

»Ihr Wunsch ist mir Befehl, aber können Sie, My-Lady, mir den Sinn, notfalls in einem Satz, erklären?«.

»Sehr wohl dschi. Ich plane eine neue Bilderserie, dazu brauche ich diese Erfahrung und Dokumentation. Nun los dschi, ich warte, überstrapazieren Sie nicht meine Geduld!«.

»Die Kamera mit Stativ und Blitzlicht ist nicht zu fällig meine?« fragt d..

»Es ist Ihre Kamera dschi, ich habe sie mir mal kurz ausgeliehen, Sie haben doch nichts dagegen, Ihre Kamera hat in der Bibliothek rumgelegen wo sie nicht hingehört, Sie sind doch sonst nicht *so*oo schlampig dschi.«

d. weiß sehr genau wo seine Kamera gelegen hat, in seinem Privatbüro, linker Schrank untere Schublade, und ist ein bisschen enttäuscht von My-Lady, da sie offenbar in seinen Privaträumen rumgeschnüffelt hat. d. nimmt ihr das nicht sonderlich übel, in ihrem Hause sind alle Türen unverschlossen mit Ausnahme ihres streng gehüteten Ateliers und von Zeit zu Zeit Bertha's Zimmer aus gutem Grund.

»Ich hole mal eben den Drahtauslöser, Sie werden ihn brauchen, leider habe ich keinen Autowinder, um hinreichend schnell Bilderfolgen, wie wohl notwendig wird, zu erstellen.«. d. wirft sich My-Lady's Bademantel über und will in sein Büro sprinten.

»Bringen Sie eine Flasche Schampus mit.« ruft My-Lady ihm nach.

Den Drahtauslöser findet d. sofort in seiner linken Schublade im unteren Schrank in seinem Büro. Um Schampus zu besorgen, braucht d. etwas länger. Er muss kurz bei Luis vorbeischauen.

»Im Lagerkeller müssen noch ein paar Flaschen Schampus, wie Sie das nennen liegen, Sir, ich hole mal eben eine rauf.«

Nein lieber Luis, wie My-Lady das genannt hat, so wird das auch ausgeführt, d. sagt aber nichts dazu.

Luis bringt zwei Flaschen mit, hinreichend gekühlt, zwar nicht auf fünf bis acht Grad Celsius, wie der Hersteller und die Sekttrinker meinen zu glauben, dass Sekt trinkbar ist, was d.'s Geschmack überhaupt nicht entspricht, fünfzehn Grad Celsius ist für ihn die richtige Temperatur, also haben die Flaschen aus dem Keller die richtige Temperatur.

Als d. zu My-Lady zurückläuft, keine fünf Minuten waren vergangen, wird er mit der Bemerkung empfangen:

»In welcher Kneipe haben Sie sich schon wieder stundenlang rumgetrieben?« und grinst. d. grinst auch.

»In der nächsten, dreißig Kilometer entfernten Kleinstadt, gibt es einen neuen Puff, da war ich mal eben. Pardon My-Lady, ich habe Ihren Wagen kurz mal eben benutzt, Sie haben doch nichts dagegen?«.

My-Lady und d. können sich vor Lachen kaum noch aufrecht halten als d. weiter ausführt:

»Bertha sagte vorgestern zu mir, in dem besagten Puff würden die Girls rote statt, wie üblich, schwarze Strapse tragen. Ich hab mir das mal eben angesehen, die Girls tragen Strapse, das roteingefärbte trägt grüne, das brünette trägt gelbe, die Koreanerin mit dem neutralen nichts sagenden Gesichtsausdruck trägt pinkfarbene et cetera. Rote Strapse habe ich nicht entdecken können. Leider habe ich keine Belegfotos machen können, da Sie, My-Lady, meine Kamera in Beschlag halten. Bertha kriegt morgen aber ordentlich was von mir zu hören, mich so aufs Glatteis zu führen.«.

Nun los, d. richtet die Kamera noch einmal mit dem Drahtauslöser ein, und legt los.

»Ich sage rechtzeitig bescheid, wenn es für Sie interessant wird My-Lady.«.

My-Lady macht zwischenzeitlich Aufnahmen und d. bemerkt,

»Denken Sie daran, auf dem Film sind, wenn ich mich recht erinnere, nur noch acht Aufnahmen. Einen weiteren Film habe ich nicht rumliegen.«.

»Sie sind ein richtiger Schlamper dschi. Manchmal möchte ich Sie fristlos feuern.« und lächelt wieder einmal in ihrer so typischen, bezaubernden Weise.

»Wenn die Aufnahmen missraten, werden wir die Prozedur eben wiederholen müssen!«.

My-Lady macht Fotos, eines dürfte nach d.'s Einschätzung gelungen sein.

Die restliche Nacht wird noch recht vergnüglich, obwohl es bei einer Flasche Champagner bleibt, Luis würde diesen Ausdruck bevorzugen.

Selbstverständlich fährt d. und nicht Luis am folgenden Tag in die Stadt um den Film in einem Quickservice entwickeln zu lassen. So quick wie er angibt 'Maximal eine Stunde' ist der Service leider nicht, und d. muss drei Stunden warten. Als d. die Tussi des Ladens darauf anspricht, sagt sie:

»Wenn Sie Bilder in einer Stunde haben wollen, müssen Sie sich mindestens vierzehn Tage vorher anmelden.«.

d. grinst offen und die Tussi fragt was denn jetzt so lächerlich ist, was d.'s Grinsen nur weiter verstärkt.

Zwei oder drei Bilder sind sicherlich für My-Lady's Anforderungen brauchbar geworden. Was für ein Glück, dass sich die Tussi ihre Produkte nicht ansieht. d. würde das nicht gestört haben, hat er doch seine dunkelste Porschebrille auf und sinniert vor sich hin 'Porschebrille auf der Nase und BMW fahren, kein Stil d., du bist und bleibst Banause, auch wenn sich My-Lady noch so viel Mühe macht, das zu ändern, dir Stil, Kultur und Manieren beizubringen'.

Zum Diner am Abend präsentiert d. My-Lady die Fotos, und My-Lady bemerkt lapidar:

»Ja, das genügt für meine Arbeiten.«.

d. fragt My-Lady noch an diesem Abend wie sie sich gelegentlich selbstbefriedigt. My-Lady druckst rum, es ist ihr offensichtlich peinlich:

»Irgendwie mit einen passenden Gegenstand.« gibt sie zu.

»Einen Vibrator haben Sie nicht?«.

»Was ist ein Vibrator dschi? Ich bin nicht immer auf dem allerletzten Stand der technologischen Entwicklung.«.

»Ich, in meinem hohen Alter langsam begriffsstutzig geworden, bin auch nicht immer auf dem letzten Stand der technologischen Entwicklung. Ich werde mal welche besorgen.«.

d. logt sich wieder einmal, wenn auch widerwillig, ins Internet ein und sucht einen ihm bekannten namhaften entsprechenden Versandhandel, und bestellt online drei Vibratoren, einen

Kleinen, einen Mittleren und einen Großen.

Schon am nächsten Tag erhält d., selbstverständlich per Nachnahme, ein persönliches diskretes Päckchen ohne Absender. 'Es geht doch, die aufgemotzte Infrastruktur ist doch zu was nutze.' brabbelt d. vor sich hin.

My-Lady staunt am Abend, als d. ihr den Einkauf präsentiert.

»Da spielen wir heute Nacht mit rum. Beginn ist zweiund-zwanziguhrzweiundzwanig mit 'open end'! Ich hab' da schon so eine Idee.«

Die Idee von My-Lady entpuppt sich als *'simulierten flotten Dreier'*, wird das heutzutage virtuell genannt? denkt d., er ist ja *soooo* modern, er macht aber keine Bemerkung.

My-Lady möchte den mittleren Vibrator, der etwa der Größe d.'s Penis entspricht, benutzen.

d. tauscht beim Akt gelegentlich die Position, er glaubt aber nicht daran, dass My-Lady das nicht merkt.

Am übernächsten Tag sagt My-Lady zu d.:

»Schaffen Sie die Dinger wieder weg.« und sie meint die Vibratoren und gibt d. die 'Dinger' zurück, »Ein lebender Schwanz ist mir doch lieber, obwohl ich zugeben muss, dass diese Maschinen weit zuverlässiger arbeiten als Ihr Schwanz dschi«.

'Aber nur solange Batterien im Hause sind' denkt d. vor sich hin.

d. grinst in seiner so typischen inneren weise, und denkt an etliche Science-fiction Romane die er über dieses Thema gelesen hat.

Eines der beliebten Spiele zwischen My-Lady und d. ist ein Ratespiel. My-Lady nimmt eine Haltung ein und d. muss raten welche Position My-Lady meint. d. wundert sich wie viele Stellungen sie kennt, mit seinen zweihundertachtunddreißig, von denen für ihn etliche nicht infrage kommen, kommt er nicht weit, so dass er gelegentlich völlig daneben liegt.

Einmal nimmt My-Lady eine totale Embryo-Haltung ein, d. kuschelt sich an My-Lady bis sie einschläft. d. macht sich dann leise wie üblich auf den Rückweg zu seinen Zimmern.

»Richtig geraten dschi,« bemerkt My-Lady am nächsten Tag, »einen Punkt für Sie, Sie führen doch Buch? Aber warum schlafen Sie eigentlich nicht bei mir?«.

»Das wissen Sie doch My-Lady, ich schlafe maximal drei Stunden on-Block, wache dann auf, kann dann nur schwer wieder einschlafen, und pflege dann ein Stündchen zu lesen. Das kann und will ich Ihnen wirklich nicht zumuten My-Lady. Licht an, Licht aus, rum wälzen et cetera.«.

»So ist das also!« bemerkt My-Lady, »Das ist also der Grund.«.

d. erfindet etwas, das er mit My-Lady praktiziert und das er 'Synchronkuscheln' nennt.

d. schreibt an das internationale Olympische Komitee mit der Anregung 'Synchronkuscheln' als olympische Disziplin einzu-führen.

d. hätte, da ist er ganz eitel, gern eine olympische eigen erwirtschaftete Goldmedaille.

Das internationale Olympische Komitee meldet sich nicht.

'Na ja' denkt d., 'er würde My-Lady eh zur Teilnahme an einem olympischen Wettkampf in der Disziplin Synchronkuscheln nicht überreden können.', obwohl er sicher ist:

My-Lady würde mit d. die Goldmedaille erringen.

Der Urlaub

Eines Abends, nachdem d. länger als 3 Jahre bei und mit My-Lady lebt, bemerkt d. beim üblichen smalltalk nach dem gemeinsamen Diner in der Bibliothek:

»Sie, My-Lady, haben wirklich einmal einen Tapetenwechsel nötig.«

»Für die Instandhaltung meines Hauses sind doch Sie zuständig. Also bitte dschi, wenn Sie es für sinnvoll und notwendig halten den einen oder anderen Raum zu renovieren, man los. Mit Ihrer Renovierung dieses Raumes bin ich wirklich zufrieden dschi, er hatte das nötig und auch die neue Beleuchtung, die Sie eingebaut haben, gefällt mir, viel praktischer als die alte. Dass der Raum tagelang eine Baustelle, und daher nicht nutzbar war, haben wir ja in meinem Zimmer, ich denke zu beidseitiger Zufriedenheit, überbrückt.«

d. erinnert sich wirklich gern daran, als der smalltalk mit My-Lady während der Umbauphase in ihrem Bett stattgefunden hat. My-Lady weiß sehr genau, dass sie das Sie von d.'s Bemerkung unterschlägt.

»Ganz privat, My-Lady, ich bin der Meinung, Sie übertreiben Ihre Zurückgezogenheit etwas. Innerhalb der drei Jahre, meines Lebens hier, haben Sie Ihr Anwesen nur viermal für jeweils einen halben Tag verlassen.«

»Sie spionieren hinter mir her dschi, das schätze ich gar nicht.«

»Nein, My-Lady, ich spioniere mitnichten hinter Ihnen her, da ich mich wirklich nicht darum zu kümmern habe wo Sie waren und was sie gemacht haben. Das geht mich absolut nichts an. Sie sollten aber für meinen persönlichen Geschmack eventuell in Ihrem eigenen Interesse etwas offener sein.«

»Bin ich Ihnen nicht offen genug?« erwidert My-Lady anzüglich.

»Reden wir nicht 'um den heißen Brei' herum. Sie sollten für mein Empfinden wirklich mal Ihr Anwesen verlassen und andere Eindrücke erleben und erfahren. Das kann doch auch Ihrer Kunst nur förderlich sein.«

»Ich weiß nicht so recht dschi. Ich vermisse hier doch Nichts.« sagt My-Lady etwas verhalten.

d. greift an:

»Ich lade Sie My-Lady, zu einem gemeinsamen Urlaub unbestimmter Dauer ein, ich denke wir fahren mal an die See. Ein ganz anderer Blick, ein ganz anderes Leben, eine ganz andere Perspektive als hier. Schaden kann das wirklich nicht.«

My-Lady kann dieses Angebot auf Grund des privaten intimen Verhältnisses zu ihrem Privatsekretär d. kaum ausschlagen, obwohl sie nicht so recht überzeugt ist.

d. wird jetzt, ganz im Gegensatz zu seinem sonstigen Verhalten zu My-Lady, bestimmter, weil er glaubt, dass er das Richtige tut.

Eine Einschätzung die er alsbald zurücknehmen muss.

»Übermorgen reisen wir ab. Bertha hilft Ihnen sicher beim Kofferpacken.«

Die weitere Unterhaltung und 'Unterhaltung' dieses Abends erfolgt wieder auf My-Lady's Zimmer, wo My-Lady wieder nach den Verträgen mit d. den Ton angibt.

Am Abreisetag trägt d. bewusst lässige Freizeitkleidung, und My-Lady ein klassisches Kostüm, mit Hut. Sie muss einsehen, wozu sie auch sofort in der Lage ist, dass der BMW keine Hutträgerei zulässt. Daher darf Luis den Hut ins Haus zurücktragen.

d. hat als Urlaubsziel einen kleinen feinen Badeort am Meer ausgesucht der fast 2000 km von My-Lady's Anwesen gelegen ist. Diesen Ort erreichen My-Lady und d. nach zweitägiger Fahrt kurz vor Mitternacht. d. hat es wohlweislich unterlassen Zimmer vorzubestellen.

Im größten Hotel, 28 geschossig, ergattert d. für diese Nacht nur noch ein Doppelzimmer mit Meerblick im 22. Stockwerk, und bemerkt zu My-Lady:

»Was meinst Du Luise, das nehmen wir für diese Nacht. Morgen sehen wir weiter.«

Nachdem My-Lady, geladen, das kann sie kaum verbergen, und d. von einem Pagen in das Zimmer geführt wurden, faucht My-Lady:

»Wie können Sie es wagen mich Luise zu nennen, und ein Doppelzimmer buchen!«

»Das war eine reine Notlüge in einer echten Notlage gewesen. Wenn ich nicht so getan hätte, als ob wir ein legitimes Ehepaar wären, hätte es womöglich Schwierigkeiten gegeben. Alles was ich will ist nur, dass Sie sich, My-Lady, in einem Bett von den Anstrengungen der zweitägigen Fahrt ausruhen können. Ich denke, ich gehe noch kurz auf ein Bier in die Bar im achtundzwanzigsten und schlafe dann im Wagen oder am Strand.«

»Sie bleiben hier dschi! Wenn Sie uns schon als Ehepaar ausgeben, dann benehmen wir uns auch so. In Stilfragen bin ich immer kompetenter als Sie.« faucht My-Lady und d. Ist belustigt.

Was haben sich My-Lady und d. bis zum Morgengrauen wieder amüsiert, nachdem d. zitiert:

"Gesetz Nummer 11
Dicke Menschen sollten nie länger als 120 Minuten fasten, weil sich sonst ihre dickmachenden Gene und Enzyme schon beim ersten Bissen explosiv vermehren."

Der Roomservice funktioniert in diesem Hotel um drei Uhr morgens tadellos.

Um 11 Uhr morgens werden My-Lady und d. durch das Telefon unsanft aus ihren Träumen geweckt. Eine freundliche sachliche Stimme von der Rezeption meldet sich:

»Sie haben das Zimmer nur für die letzte Nacht gebucht. Wir erwarten die neuen Gäste gegen 14 Uhr und bitten das Zimmer bis 12 Uhr zu räumen.«

»Schon verstanden, das geht in Ordnung. Ich komme gleich mal runter.«

Zehn Minuten später erscheint d. an der Rezeption, begleicht die Rechnung und fragt nach zwei nebeneinander liegenden Einzelzimmern mit Zwischentür.

»Sie haben Glück, das könnte was werden, soeben haben Gäste eine Suite storniert. Die Suite befindet sich im 27. Stock werk.«

»Ich bespreche das mal eben mit My-Lady und melde mich gleich zurück.« sagt d., der Mann an der Rezeption weiß ja nicht was unter 'My-Lady' zu verstehen ist, und wie d. das schreibt.

Im Fahrstuhl überschlägt d. kurz: 5 Stockwerke a 3 m höher zu wohnen, dürfte einen Zugewinn an Fernsicht von etwa 3 km betragen.

Als d. wieder das gemeinsame Zimmer von My-Lady und d. im 22. Stockwerk betritt ruft d. durch die Tür zum Bad, da My-Lady gerade duscht:

»My-Lady, wollen wir in diesem Hotel bleiben, gerade wurden mir zwei nebeneinander liegende Einzelzimmer mit Verbindungstür im 27. Stockwerk offeriert. Wollen wir hier eine Woche bleiben, zumal der Fernblick um circa 3 km dann weiter ist als hier im 22. Stockwerk mit nur 29 km?«

»dschi, Sie haben mich eingeladen, also ist das Ihr, wie sagt man, Bier. Sie entscheiden jetzt, nur wenn es mir *völlig* unerträglich wird, werde ich Konsequenzen ziehen.«

d. ruft die Rezeption an, bucht die Suite im 27. Stock und bittet das (bisschen) Gepäck von My-Lady u. d. um 12:30 Uhr dorthin schaffen zu lassen.

Als My-Lady u. d. ihre Suite erreichen, bittet My-Lady d. ihr doch mal den grandiosen Fernblick vorzuführen.

»Auf Ihrem Zimmer oder in meinem?« fragt d..

»dschi bitte, Sie müssten mich doch mittlerweile so gut kennen, dass nur bei *mir* in Frage kommt.«

My-Lady u. d. gehen auf My-Lady's Balkon und schauen auf 's Meer.

»Zum genießen genügt das nicht dschi.«

d. bückt sich und genießt einen anderen Ausblick mit Geschmack.

»So gefällt mir der Meerblick recht gut.« bemerkt My-Lady.

Nach einem Schläfchen klopft d. an My-Lady's Tür.

»Kommen Sie doch rein dschi.«

»Was wollen wir heute Nachmittag unternehmen? Ich schlage einen Bummel auf der Promenade vor.«

»O.K. dschi, ich mache mich kurz fertig.«

My-Lady trägt wieder ihr klassisches Kostüm.

»Nein My-Lady, wir gehen erstmal Shopping in die beste Boutique des Ortes, ein richtig schönes Sommerkleid kaufen.«

d. lässt sich an der Rezeption beraten, wo er denn die schickste, bescheuertste, ausgeflippteste Boutique findet, und My-Lady und d. pilgern dorthin. Und nun bricht in My-Lady doch so etwas wie 'eine normale Frau' aus, My-Lady und d. kaufen nicht nur ein Kleid, sondern drei mit allem Zubehör, wohl Accessoires genannt.

Nachdem My-Lady sich mit einem der neuen Fummel angekleidet hat, machen sich My-Lady und d. zu dem Bummel auf der Promenade auf.

»Mir sind hier zu viele Leute dschi die ich nicht kenne. Lassen Sie uns zurückgehen.«

»Wir gehen einmal rauf und dann zurück.« sagt d. bestimmt.

»Glauben Sie mir My-Lady, 98 % der Leute hier sind nicht nach unserem Geschmack, doch 2 % sind recht passabel. Wenn Sie genauer hinschauen, werden Sie sie erkennen. Schauen Sie doch mal nach halblinks, ja, der Typ mit dem schwarzen Hut, der ist doch nach Ihrem Geschmack, wie ich das einschätze.«

My-Lady fühlt sich aber sichtlich unwohl unter so vielen Menschen. Sie ist wirklich froh, sich nach dem von d. aufgezwungenen Spaziergang wieder auf ihr Zimmer zurückziehen zu können.

»Für heute Abend schlage ich vor My-Lady, wir gehen mal zum

Dinner in ein italienisches Restaurant, auf Pizza und Valpolicella hätte ich mal wieder richtig Appetit. Diner praktizieren wir bei Ihnen, nun muss ein Dinner her.«

»Ja, ja, wer einmal in Rattown gelebt hat, wird sich nie *ganz* von Rattown lösen können.«

»Richtig My-Lady,« und der geistige Einklang zwischen My-Lady und d. ist wieder einmal hergestellt, »Pizzas schmecken von Zeit zu Zeit nun mal ganz gut. Sie werden es nicht glauben My-Lady, alle drei Jahre schmeckt mir auch ein Hamburger bei MC Donalds. Sie werden es nicht glauben, My-Lady, manchmal fresse ich auch Gummibärchen, bis zu 700 g pro Tag.«

»*Gummibärchen*? Habe ich richtig gehört?«

»Wer Gummibärchen, wie ich als Spezialist, richtig zu essen weiß, wird einen enormen Lustgewinn erzielen. Die hellsten zuerst, die dunkelsten zuletzt, niemals durcheinander, das verwirrt die Geschmacksnerven bis zur *vollständigen* Verwirrung.«

»Wirklich dschi, was es nicht alles gibt!« antwortet My-Lady erstaunt.

»Wenn ich berühmt wäre, wäre mein Satz: "Es gibt Dinge, die schmecken so scheußlich, dass sie schon wieder gut schmecken" längst ein geflügeltes Wort.«

d. ordert in der besten Pizzeria des Ortes, nachdem er sich an der Rezeption des Hotels von einer entzückenden nach Chanel No. 5 stinkenden Dame beraten ließ, einen wirklich separaten Tisch. Es gab Zeiten da wurde so etwas Séparée genannt.

d. bestellt für My-Lady Frutti di Mare, für sich Pizza nach Art des Hauses ohne Zwiebeln, und einen Liter Valpolicella. Bei Kerzenschein wird doch, wider Erwarten für My-Lady, eine Art Diner daraus.

Am nächsten morgen schlägt d. vor, mal ein bisschen an der Küste entlangzufahren.

»Entsetzlich, dschi, diese Menschenmengen am Strand.« sagt My-Lady und blickt beim Vorbeifahren auf den Strand.

»Ich habe bewusst diesen Ort hier gewählt, da er relativ ruhig ist. Besuchen Sie mal die richtigen Remmidemmi-Orte, wie Rimini, Torres Molines, Benidorm, Loret de Mar, da werden Sie am Strand noch nicht einmal sitzen können. Monte Carlo ist auch nicht gerade menschenleer.«

»Das möchte ich mir noch nicht einmal ansehen.«

»Schade, es ist allemal ansehenswert, zumal diese Orte in wunderschönen Landschaften liegen. Der heutige Mensch will diesen Rummel, auch wenn es nicht ganz unser beider Geschmack ist, steht es uns nicht zu verächtlich zu werden.« erwidert d.,

»Wir fahren die Küstenstraße weiter lang, ich bin mir sicher, dass wir wirklich ruhige Plätze finden.«

Nach nur vier km Fahrt finden My-Lady und d. Menschenleere Naturstände, die *natürlich* sauber aber nicht menschlich sauber sind, und suchen sich ein schönes Plätzchen. Wohlweislich hat sich d. im Hotel einem üppigen Picknick, verpackt in einer Kühltasche, mitgeben lassen, so dass es My-Lady und d. an nichts mangelt. Sie müssen den Champagner noch nicht einmal aus Pappbechern trinken, für alles hat das Hotel gesorgt. d. ist mit diesem Hotel wirklich zufrieden, es ist halt kein Pauschaltouristensilo.

My-Lady und d. verbringen den gesamten Tag an diesem Strand, balgen rum wie Kinder, schmusen und bumsen ein bisschen, sonnen, schlafen und d. springt sogar zweimal ins Meer, selbstverständlich ohne jede (komische) Badebekleidung. In ihr Hotel kehren sie erst nach Sonnenuntergang zurück und kalauern darüber, wer zuerst duschen darf.

Selbstverständlich: My-Lady.

»Haben Sie es geschafft, allen Sand aus allen Poren, Ritzen et cetera herauszuspülen?« fragt d. launig, als My-Lady das Bad verlässt.

»Ich glaube schon, denn der Abfluss ist verstopft.«

Der Abfluss war selbstverständlich nicht verstopft, so dass d.

ihn nun mit seinem reingetragenen Sand verstopfen darf. Ob ihm das gelingt?

Am nächsten Tag fahren My-Lady und d. die Küstenstraße in entgegengesetzter Richtung zum Vortag runter und finden wieder menschenleere Naturstrände und vergnügen sich wie am Tag davor. Aber diesmal kehren sie gegen 18 Uhr ins Hotel zurück und das Duschspiel wird noch einmal gespielt, selbstverständlich ist My-Lady der Gewinner, Ladys first.
Nach dem Abendessen, diesmal nehmen My-Lady und d. das Büfettangebot des Hotels war, sagt d. zu My-Lady:
»Für heute Abend schlage ich vor My-Lady, wir gehen mal in eine Disco.«
»Eine Disco dschi?«
»Ja eine Disco! Ich bin noch nie in so etwas gewesen, auch wenn ich aus Rattown stamme, und wir wollten doch Eindrücke sammeln.«
d. schlägt das zugehörige outfit vor, für My-Lady das neue kleine Schwarze, das genügt, doch ihre Frisur muss etwas peppiger werden. d. klingelt den Roomservice an und bestellt 500 g Zucker und eine Schere für eine Hinterhältigkeit. Gemeinsam mit d. und Zuckerwasser gelingt eine etwas ausgeflippte Frisur bei My-Lady. 'Steht ihr richtig gut' denkt d. und äußert das auch.
d. bekleidet sich ganz in schwarz, schwarze Jeans, schwarzes Hemd, schwarze Stiefel, seine schwarze Porschebrille, nur die Socken sind weiß. Er bittet My-Lady noch um ein Kettchen und lässt fünf Hemdenknöpfe offen obwohl seine Brust völlig unbehaart ist.
»Stop My-Lady! Ihr Kleid ist etwas zu trist. Ich mach das mal eben.« *Ratsch.* Schon hat My-Lady einen schönen Schlitz im Kleid.
»Aber dschi musste das sein?«
»*Das* musste sein My-Lady! Sonst gibt es Probleme mit dem

Türsteher, das verspreche ich Ihnen. Und stecken Sie sich ein wenig Watte ein, es könnte für Sie etwas ungewohnt laut werden.

Apropo laut, ich hoffe, dass Sie meine Heavy-Metal-Musik zu hause, in der Lautstärke wie ich sie gelegentlich höre, nicht sonderlich stört. Luis ist manchmal ein wenig entnervt, Sie haben nie etwas gesagt.«

»Muss die Lautstärke wirklich sein dschi?«

»Ja, zwingendes *Muss*. Musik kann man niemals leise hören, alle Tiefen, sprich Ausdruck der Musik gehen sonst verloren, in *jeder* Musik. Hören Sie sich einmal Werke von Brahms, Beethoven, Mozart, Gershwin, Armstrong leise an, das ist nur Gedudele. Es hat keinen Ausdruck.

Sie als Künstlerin, auch wenn Sie in einer lautlosen Sparte zu hause sind, dürften das erkennen.

Pervers für mich My-Lady ist, dass sich kaum Jemand heute an dem extremen Maschinen-Krach von Staubsauger bis Helikopter stört, Wilhelm Busch, 'ick hör dir trapsen'.«

My-Lady und d. machen sich auf den Weg zur Disco im 28. Stockwerk des Hotels. d. überredet My-Lady die Treppe zu benutzen, als sie auf den Fahrstuhl zustrebt.

Bestimmt geht d. auf den Türsteher der Disco zu, der gerade irgendwelche dummen Sprüche machen wollte, steckt ihm einen Zehner in das Revers seines albernen Outfits und geht ungebremst, ohne auch nur einen Schritt auszulassen, mit My-Lady am Arm, weiter zur Eingangstür.

»Musste das sein dschi?«

»My-Lady, wieder eindeutig Ja. Ich, Pardon für das Wort das ich jetzt sage, verscheißere die Leute, die so verblödet sind, dass sie dies noch nicht einmal mehr merken. Dieser Spaß ist es mir wert.«

Als My-Lady mit d. um circa 20 Uhr die Diskothek mit dem interessanten Namen "Lolita" betreten ist sie eigentlich schon überfüllt. Dennoch gelingt es d., selbstverständlich nur gegen einen kleinen Obolus von Fünfzig, einen abseits gelegenen Tisch für zwei Personen zu ergattern.

My-Lady und d. schauen sich den Trubel an und blicken sich an, eine Unterhaltung ist auf Grund der Lautstärke der Musik nicht möglich.

d. grölt My-Lady ins Ohr:

»Wollen wir mal ein Tänzchen wagen?«

My-Lady grölt d. ins Ohr:

»Hier wird doch nicht getanzt.«

»Doch My-Lady, tanzen ist 'sich bewegen zu einer Musik'. Heute hat man aufgehört Schrittfolgen vorzugeben. Ein Stück Freiheit. Tango ist out, Walzer ist out, Foxtrott ist out, Twist ist out! Einfach bewegen aus seinem Rhythmusgefühl ist in. Zum äußersten Vergnügen wird hier auch mal richtig Wienerwalzer getanzt, ja da kommt richtig Stimmung auf, Sie werden sehen.«

My-Lady und d. tanzen, schnellere Rhythmen auseinander, langsame schmusig eng zusammen.

Als My-Lady und d. aufbrechen wollen ruft der Diskjockey in sein Mikrophon,

»Halt! Ihr Beiden. Wir schreiten nun zur Wahl der interessantesten Person des Abends.«

'Welches Pferd hat ihn denn geritten', denkt d.

»Einstimmig hat diese Wahl die Dame mit dem schönen Schlitz im Kleid, die uns gerade verlassen will, die Wahl *gewonnen*! Wo lassen Sie sich Ihre Schlitze fertigen!« allseitiger Applaus.

'Das kann teuer werden' denkt d..

My-Lady und d. müssen noch bleiben und sich etwas zeigen, aber eine Lokalrunde und ein Duo-Solo-Tänzchen bleibt d. und My-Lady erspart.

Es gelingt My-Lady und d. gegen Mitternacht aus der Disco zu verschwinden.

Am Morgen nach dem Discobesuch schlägt d. My-Lady vor

»Heute Morgen sitzen wir mal gelangweilt am Pool des Hotels

rum, wie normale Urlauber.

Sie in Ihrem neuen bunten Sommerkleid und ich in meinem schwarzen Anzug mit Butterlecker und schwarzer Brille, und schauen uns mal dieses Treiben an.«

Etwas widerstrebend willigt My-Lady ein.

d. bestellt irgendwelche eigenartigen Cocktails nach Art des Hauses, nach Art der Saison, nach Art der Mode des Jahres, und denkt: 'Es doch egal wovon einem schlecht wird'.

»Wollen wir uns mal einen richtigen Spaß erlauben? Wir tun so als ob wir uns streiten, ich werfe Sie in den Pool, Sie tun so als ob Sie nicht schwimmen können, und ich springe in voller Kluft mit Brille hinterher und rette Sie.«

»Ein toller Plan, Sie haben wirkl........«

d. *will* nur 'Ein toller Plan' verstehen, unterbricht My-Lady, d. ist wirklich mal wieder rüpelhaft und unhöflich, Rattown bricht wieder durch, wird lauter, erreicht Aufmerksamkeit, schnappt sich My-Lady und wirft sie in den Pool. My-Lady versteht und tut wirklich so als ob sie nicht schwimmen kann. d. springt gemäß seinem Plan hinterher, verliert aber seine Brille dabei und 'rettet' My-Lady. Eine kleine Extraeinlage war noch eine Mund-zu-Mund-Beatmung. My-Lady und d. verlassen tropfnass den Showplatz und suchen ihre Suite auf.

»Also wirklich dschi, dass hätte ich Ihnen nicht zugetraut. Ich muss ehrlich sagen, dass mir diese Posse ein bisschen Spaß gemacht hat. Was haben Sie sich nur dabei gedacht?«

»Jeder hier kennt uns nun, und ich werde heute Abend den Türsteher der Disco nicht mehr bestechen müssen, ganz im Gegenteil, er wird vor uns den tiefsten, ihm möglichen, Diener gegen uns vorzeigen.«

»Wir gehen heute Abend nicht in Ihre Disco. Einmal reicht.« sagt My-Lady bestimmt.

»Sie haben recht My-Lady einmal Disco reicht.« antwortet d. in seiner vollen Überzeugung, und der geistige Einklang zwischen My-Lady und d. ist wieder einmal hergestellt.

Nach dem Erlebnis am Pool ruhen sich My-Lady und d. in ihrer Suite aus und unternehmen den Tag nichts mehr ausser...

»Lassen Sie uns heute wieder zu unserem Strand fahren dschi Da finde ich es schön.« bestimmt My-Lady am nächsten Morgen.

d. lässt sich wieder ein 'Lunchpaket' nach seinen Angaben in der Hotelküche herrichten und My-Lady und d. fahren zu ihrem ersten Strand. Es wird ein wunderschöner Tag, und My-Lady und d. brechen erst nach der Abenddämmerung zum Hotel auf.

d. verfährt sich, statt links in Richtung Hotel zu fahren biegt er irrtümlich rechts in die Küstenstraße.

Gerade als er seinen Irrtum bemerkt, wird er von einem Motorradfahrer mit Sozius zum Anhalten genötigt. d. lässt sein Fenster einen spaltbreit herunter und hört:

»Raus mit die Pinunze Alter, sonst knallts!«

»Immer ruhig Blut, ist schon in Ordnung.« sagt d., und zu My-Lady leise, so dass es nur sie hören kann: »Achtung!«

d. öffnet ein wenig die Wagentür, und ruft zu den Motorradgangstern »Ich muss aussteigen, Sie müssen ihr Krad etwas zur Seite bewegen, sonst kann ich nicht raus.«

Sie steigen von ihrem Motorrad und schieben es etwas zur Seite. d. schaltet seine Automatik auf '1' und gibt Gas mit kickdown. Der BMW macht einen Sprung nach vorn fast wie ein Panter, die Tür fliegt zu streift aber das Motorrad.

»Lieber ein kleiner Kratzer im Lack als zwei durchschnittene Kehlen.« ruft d. My-Lady zu. Als die Gangster d. eingeholt haben, sieht d. einen Feldweg. Er bremst so scharf, dass der Motorradfahrer ihm nur auffahren kann, oder an ihm vorbei muss. Der Motorradfahrer weicht sicher mit Reflex aus. d. setzt in den Feldweg zurück und wendet in Richtung Hotel. d. ist in diesem Manöver schneller als die Motorradfahrer, die bremsen müssen und ihr Krad auf der Straße wenden müssen.

Der Motorradfahrer versucht d. zu überholen, d. lässt das aber nicht zu, in dem er ihn immer abdrängt, mal links, mal rechts.

Als d. ein Fahrzeug entgegenkommt beschleunigt d. in '2' mit kickdown so dass das Motorrad hinter ihm bleiben muss.

Als d. mit seiner etwas nervösen My-Lady neben sich den Ort mit ihrem Hotel erreicht, geben die Motorradgangster auf und d. fährt normal in die Tiefgarage des Hotels.

Der BMW hat wirklich nur einen kleinen Kratzer an der Tür.

»Gut gemacht dschi, manchmal unterschätze ich Sie,« sagt My-Lady »die Formalitäten mit der Polizei erledigen Sie, ich benötige jetzt Ruhe.«

»Ich kenne und schätze meinen, Pardon Ihren BMW. Ich denke gar nicht daran, die Polizei zu rufen.«

d. tut gelassen, gibt die Kühlbox im Hotel ab, und liftet My-Lady in den siebenundzwanzigsten.

Als My-Lady und d. ihre Suite erreichen und sich ein wenig erholen sagt d. zu My-Lady:

»Ich denke überhaupt nicht daran die Polizei zu benachrichtigen, obwohl ich mir das Nummernschild des Motorrades gemerkt habe. Ich kann nichts beweisen.

Die Polizei wird in wunderschönem Einklang mit der Staatsanwaltschaft *mir* Klagen anhängen My-Lady wegen: Gefährdung des öffentlichen Straßenverkehrs, Trunkenheit am Steuer, Nötigung, überhöhter Geschwindigkeit, ungebührlichem Verhalten, Erregung öffentlichen Ärgernisses, Gefährdung der öffentlichen Sicherheit des Staates, versuchter Totschlag, und was denen sonst noch an Spinnereien einfällt. Ich, My-Lady, habe gegen praktisch alle Strafgesetze dieses Landes heute Abend verstoßen. Dem Motorradfahrer wird nichts nachzuweisen sein.

Denken Sie an den letzten Bußgeldbescheid, über dreißig Piepen wegen zwei Minuten stehen im Halteverbot. Da wurde ich mal eben beschuldigt gegen *fünf* Gesetze verstoßen zu haben!

Für uns My-Lady, wird sich die Polizei dieses Staates nicht

einsetzen, das Recht ist immer auf Seiten der Kriminellen. Nur widerwillig würde die Polizei nach Tätern suchen, wenn man uns mit durchschnittener Kehle aufgefunden hätte.«

»Piepen dschi? Trunkenheit am Steuer dschi?«

»Nein My-Lady, Sie wissen doch, dass ich immer versuche der Sache angemesse Wörter zu benutzen, Piepen heißt das. Trunkenheit? Ich habe ja den ganzen Tag lang unter Ihrer Aufsicht gestanden. Denken! und Rattown-Erfahrung! führe ich hier an.« erwidert d..

»Morgen reisen wir ab. Nun habe ich erst einmal genügend Eindrücke gesammelt.« sagt My-Lady in bestimmten Ton zu d.

d. war nicht in der Lage My-Lady umzustimmen, eventuell ein ruhiges Apartment an der Küste zu suchen oder ein bisschen herum zu reisen.

»NEIN! Wir fahren nach hause! So schnell wie irgend möglich.«

Die Rückreise verlief störungsfrei, nur einmal sagte My-Lady:

»240 km/h dschi?«

»Ich nehme Sie beim Wort My-Lady, Sie sagten gestern: 'So schnell wie irgend möglich. 'Leider lassen die Straßen keine höhere Geschwindigkeit zu. Auch Ihr Lahmkrüppelwagen entspricht nicht den Anforderungen der Formel 1.« bemerkt d. launig mit einen Grinsen nach innen und außen.

Als My-Lady und d. gegen 18 Uhr des zweiten Rückreisetages wieder nach hause kommen, der Rückweg ist immer schneller als der Hinweg, sagt My-Lady zu d.:

»Das Diner fällt für mich heute aus. Sie kommen doch um 22 Uhr bei mir vorbei dschi!?, und bringen Sie Gummibärchen mit! Ich bin heiß auf diese Dinger, und Sie lehren mich sie *richtig* zu handhaben.«

'Verdammt' denkt d. 'mit Sicherheit sind keine Gummibärchen

im Hause', da d. zurzeit keine Gummibärchenphase hat.

»Luis, unsere Lady möchte Gummibärchen, ich glaube aber nicht, dass sie schwanger ist. Wer von uns beiden fährt?«

»*Gummibärchen* Sir? Ihr Wagen ist noch warm Sir, und ich bin heute schon zweimal in der Stadt gewesen.« Also fährt d. fairer weise und ersteht auf der nächsten Tankstelle zu einem Absurdspreis 1 kg Gummibärchen, das muss für heute Nacht reichen, entscheidet d..

Pünktlich um 22 Uhr erscheint d. bei My-Lady, und My-Lady ist in dieser Nacht ganz erstaunt, was man unter der Anleitung des Profis d. mit Gummibärchen alles aufstellen kann.

Der Höhepunkt war eindeutig: rotes Gummibärchen im linken Ohr von My-Lady.

Der Besuch

Eines Abends passiert es, unerwarteter Besuch rückt an. Ein Wagen nähert sich dem Anwesen von My-Lady. Luis hat ihn schon eher bemerkt als d. und ist schon dabei sein Butlerdress überzustreifen. d. hat ein ungutes Gefühl, verlässt sich völlig auf seinen Instinkt und löst eigenmächtig Alarmstufe 2 aus. d. eilt zu Bertha's Zimmer klopft kurz und tritt ein.

»Irgendwer kommt auf die Farm zu, begeben Sie sich bitte unverzüglich in Ihr Versteck eins, ich habe irgendwie ein ungutes Gefühl. Mein linkes Ei juckt. Luis wird den Besucher, der gleich hier eintrifft, sicherlich hinreichend lange aufhalten.«

»Ich gehe sofort rüber. Danke dschi, aber für Ihr linkes Ei ist doch eigentlich die Lady zuständig.«

»Brauchen Sie im Moment noch irgendetwas? Mein linkes Ei ist *mein* linkes Ei.«

»Nein.«

»Wir werden Sie schon versorgen, nun los, setzen Sie Ihre Tarnkappe auf.«

d. eilt zu My-Lady's Zimmer klopft kurz und teilt My-Lady mit, dass er Alarmstufe 2 ausgelöst hat.

»Ich richte mich zum Empfang kurz her und komme dann sofort runter.«

Von den drei Verstecken für Bertha kennt d. nur das zur Alarmstufe 2 gehörende.

Der Alarmplan für Bertha ist vier-stufig.

Alarmstufe 1 tritt in Kraft, wenn harmlose Leute wie von der Post oder Lieferanten auftauchen. Bertha verschwindet dann einfach in ihrem Zimmer, ist Mucksmäuschen still rührt und zeigt sich nicht.

Alarmstufe 2 tritt in Kraft, wenn Unbekannte auftauchen und Bertha verschwindet dann in Versteck 1.

Ein Geheimnis zwischen My-Lady, Luis und Bertha ist, was

Alarmstufe 3 bedeutet, wozu sie gut ist, wann sie ausgelöst wird und wohin Bertha dann geht, das entzieht sich d.'s Kenntnis.

Gerade rechtzeitig beim Eintreffen des Besuchers erscheint d. auf dem Vorplatz. Luis hält sich schon bereit, d. bleibt bedeckt.

»Sir, was können wir für Sie tun?« sagt Luis zu dem Ankömmling. d. denkt bei sich, 'den Satz hast du doch schon einmal vor etlichen Jahren gehört'.

»Ich möchte mein Tantchen besuchen.« sagt der Besucher.

»Ihr *'Tantchen'*? Sir, wen darf ich der Lady anmelden? Haben Sie eine Karte dabei?« Luis hält dem Ankömmling stilvoll ein Silbertablett entgegen.

d. kann sein Lachen kaum unterdrücken und prustet so leise wie möglich vor sich hin in seiner bedeckten Stellung.

Der Besucher hat keine Karte, so dass Luis nachhakt.

»Wen bitte darf ich der Lady melden?«

»Ich bin der Neffe Peter, also mach schon Alter, meine Zeit und meine Geduld sind begrenzt.«

»Sir, bei allem Respekt, Ihr Tonfall und Ihre Ausdrucksweise entspricht nicht ganz dem Stil dieses Hauses. Wen genau darf ich zu dieser außergewöhnlichen Zeit der Lady melden?«

»Mein Name ist Peter Skunk, und nun trab los krüppeliger Trottel!«

»Sir!«

Aber das hört d. nicht mehr, er ist längst auf dem Weg zu My-Lady.

»Ihr Neffe Peter Skunk ist angekommen, ein richtiger Flegel.«

»Entzückend,« entgegnet My-Lady

»Verwandtschaft meines verstorbenen Mannes.« Etwas leiser vor sich hin:

»Der will doch hier nur rumschnüffeln.«

»Wenn Sie möchten, My-Lady, werde ich ihn sofort rauswerfen, das geht ganz schnell. Mein Baseballschläger ist schon griffbereit.« sagt d. Und vermerkt als Auftrag für sein Großhirn 'Kojak kennt sie auch'.

»Lassen Sie's im Moment gut sein. Wir wollen erstmal hören und sehen was der hier will. Übereilen werden wir nichts. Führen Sie ihn bitte ins Haus in die Bibliothek, aber bitte lassen Sie Ihn keine Minute aus den Augen. Wir werden ihn ein bisschen zappeln lassen.«

»Sie können sich ganz auf Luis und mich verlassen My-Lady.«
d. informiert kurz Luis, ohne dass Skunk etwas mitbekommt. Die erste Bewachung des Peter Skunk übernimmt Luis. Selbstredend wird Skunk nichts angeboten, und da kann er noch so oft zum Barschrank schielen.

d. schleicht sich zu Bertha. d. kommt sich etwas komisch vor, in dem Hause in dem er lebt, herrum zu schleichen, aber nun muss es sein.

Leise: »Bertha, können wir im Moment irgendetwas für Sie tun, brauchen Sie etwas. My-Lady's Neffe ist im Hause. Also hübsch ruhig bleiben.«

Ebenso leise entgegnet Bertha: »Irgendwie was Trinkbares könnte ich schon brauchen.«

»Ihr Wunsch ist mir Befehl. Ich komme gleich wieder.«

Was trinkt Bertha bloß? fragt d. sich. Er denkt sich, irgendetwas Nervenberuhigendes sollte es schon sein, Whisky und Soda kann in dieser Situation gar nicht so falsch sein.

Also sucht d. Whisky, Soda und ein Glas raus und schleicht sich wieder zu Bertha.

»Hoffentlich habe ich Ihren Geschmack getroffen,« flüstert d. »sonst sagen Sie mir was Sie möchten.«

»Ist schon O.K. dschi, vollkommen mein Geschmack.« 'Na na' denkt d., 'geht der hohe Whiskykonsum hier im Hause etwa auf Bertha's Konto. Das kann doch nicht sein, d. hat Bertha noch niemals auch nur angetrunken angetroffen'.

d. geht in die Bibliothek. Peter Skunk lümmelt sich auf dem Sofa rum und Luis steht stockSteif an der Tür. d. löst Luis ab in der Beaufsichtigung des ungebetenen Gastes. d. schaltet den Verwaltungsrechner ein und tut so als ob er etwas tut. In dieser

Disziplin ist d. unschlagbar, Weltmeister ohne jede Frage. Vielleicht hätte er einen exzellenten Beamten abgegeben, aber jede Bewerbung wäre fehlgeschlagen, seine Eltern waren keine Nazis. Das Einzige was d. tut ist die Beaufsichtigung und Beobachtung von Peter Skunk.

d. fängt an leicht nervös zu werden. My-Lady sagte, sie kommt gleich runter. Minute um Minute verstreicht, mehr als eine halbe Stunde ist nun schon vorüber seit d. My-Lady mitgeteilt hat, dass ihr Neffe Peter angekommen ist. Aber sie hat auch gesagt, dass sie Peter zappeln lassen will. Auf einmal versteht d. My-Lady's Verhalten, er setzt sein inneres Grinsen auf und amüsiert sich königlich. Das erste Mal in seinem Leben wartet d. mit Vergnügen, um so länger er wartet, um so größer wird sein Vergnügen, er muss sich wirklich zusammenreißen um nicht laut zu lachen und versucht so gut es geht eine ernste würdige Miene zu wahren.

Zu den Untugenden des d., er hat eine ganze Reihe davon, gehört nicht warten zu können. d. ist die Warterei wirklich lästig.

d. sinniert, um die Zeit bis zum Eintreffen von My-Lady sinnvoll auszufüllen, vor sich hin. Wer an einer Bushaltestelle auf einen Bus wartet, kennt einfach den Fahrplan nicht oder hat keine Uhr oder hat sich in der Uhrzeit vertan. Für seine Wartezeit ist allein er 'verantwortlich'. Ganz anders sieht die Praxis in Praxen von Ärzten aus. Die stundenlange Wartezeit in Wartezimmern ist gewollt begreift d.. Nun endlich versteht d. warum Wartezimmer Wartezimmer heißt. Ein Arbeitszimmer heißt Arbeitszimmer weil darin gearbeitet werden *soll*; ein Wartezimmer heißt Wartezimmer weil darin gewartet werden *soll*.

Als richtig nervig empfindet d. die Warterei an Kassen, nicht zuletzt geht er nur ungern zum Einkaufen, Luis ist da gelassener.

»Na Alter, hast Du kein Space-Rider auf Deinem Krüppelrechner? Oder wenigstens anständige Monsteraction?« sagt der ungebetene Gast.

d. erwidert nichts und nimmt seine Gedanken wieder auf.

Es wird erzählt, dass jemand, der unheilbar krank ist und nur noch eine absehbare Lebenserwartung hat, anfängt sich zu überlegen, womit er seine Zeit in seinem Leben verplempert hat. Genannt wird häufig die Zeit, die auf dem Klo verbracht wird. In Summe kommt doch eine ganz ansehnliche Dauer zusammen, ausgedrückt in Stunden, Tagen, Monaten. d. überschlägt kurz auf der Calculatorfunktion seines Rechners: Sitzt jemand fünfzig Jahre lang täglich im Mittel auch nur eine viertel Stunde auf dem Klo, kommen circa 4500 Stunden sprich circa 190 Tage sprich circa 6 Monate Gesamtsitzungsdauer zusammen. d. möchte keine einzige Minute dieser Sitzungen missen, bringt doch (fast) jede Sitzung das angenehme Gefühl der Erleichterung mit sich. Weit mehr Zeit verplempert der moderne Stadtmensch mit Wartezeiten vor Kassen oder Bedienungstresen, sei es im Supermarkt, auf der Bank, beim Bäcker oder sonst wo. Die gängige Praxis, Warteschlangen von mindestens zehn Kunden aufzubauen, führt zu abenteuerlichen Wartezeiten des Königs Kunde. 'An dieser Kasse bitte nicht mehr anstellen' wird ausgerufen oder Schilder werden aufgestellt mit so sinnigen Texten wie:

'Diese Kasse wird nun geschlossen, hier nicht mehr anstellen', etc. wenn eben die Schlange unter zehn Personen absinkt.

Dies bei einer grotesk hohen Arbeitslosenquote. Die Betrachtung, was hier an Volksvermögen sinnlos verschleudert wird, hebt d. sich für später auf. Es muss ein gigantischer Betrag herauskommen schätzt d..

Wohl kaum ein Politiker oder Wirtschaftler wird das jemals begreifen.

Wenigstens muss d. sich hier in der ruhigen Umgebung nicht persönlich mit diesen Rattown Problemen herumschlagen.

d. fühlt sich großartig, läuft er doch mal wieder zu einer

geistigen Topform auf.

Nach fast zwei Sunden unvergeudeter Wartezeit erscheint My-Lady in der Bibliothek. Auch sie hat die Zeit irgendwie genutzt und sich topfit hergerichtet. Luis muss My-Lady zwischenzeitlich über die Vorfälle informiert haben.

»Hallo mein Tantchen, Du hast mich ja schön schmoren lassen, in Deinem trockenem Haus, was belegt, dass Ihr so ein bisschen doof-dörflich ausseht.«

»Peter, ich muss mich doch über Dein Verhalten sehr wundern. Du wirst jetzt folgendes tun:

1. Wirst Du mich nicht noch einmal mit 'Mein Tantchen' anreden, ich bin« *leise* »*leider*« normal »Deine Schwipp-Tante, an dieser Tatsache kann ich nichts ändern. Ich habe meinen Mann sehr geliebt, aber genau wie er, habe ich seine Verwandtschaft, zu der Du gehörst, wenig geschätzt! Ich bin nicht Dein 'Tantchen'.

2. Du wirst Dich, nicht geschätzter Schwipp-Neffe, sofort auf der Stelle bei meinen Angestellten Luis und dschi in aller Form entschuldigen. Ich bin nicht gewillt Dir zu gestatten, Luis einen 'alten krüppligen Trottel' zu nennen; ebenso wenig werde ich zulassen, dass Du dschi duzt und als 'alten Nicht-Monster-action-Spieler' beschimpfst.

3. Wir sind hier nicht 'trocken-doof-dörflich-dämlich'. Wir sind weder doof noch dörflich noch dämlich. Und dass Du nichts zu trinken angeboten bekommen hast, liegt einzig daran, dass Du vermutlich heute Nacht noch wirst Auto fahren müssen. Ganz davon abgesehen ist der ehrenwerteste Beruf der des Landwirts, von Dir, als offenbar verkommenen Städter, verächtlich 'Bauer' genannt.

4. Was ist der Grund Deines Besuches?

Solltest Du nicht sofort alle vier Punkte beantworten, muss ich Dich auffordern mein Anwesen auf der Stelle zu verlassen.«

»Was war 1.?« fragt Peter Skunk dämlich.

Also scheibchenweise von vorn.

Auf 1. antwortet Peter auf den nochmaligen für ihn nicht begreifbaren Vortrag von My-Lady zu 1..

»Wenn Dir 'Mein Tantchen' nicht gefällt, werde ich Dich eben nur Tante nennen, O.K.?«

Auf 2. antwortet Peter auf den nochmaligen Vortrag von My-Lady zu 2. sichtlich widerstrebend:

»Offenbar ist mein Sprachgebrauch ein Anderer als Euer, und wenn ihr mich nicht versteht, ist das eure Sache ihr Provinzler ihr Hinterwäldler.«

»Das ist nun wirklich keine Entschuldigung Peter, zweiter Versuch.« sagt My-Lady.

»Also bitte, ich habe mich in meiner Sprechweise danebenbenommen und bitte um Entschuldigung, es soll nicht wieder vorkommen.«

»Lassen Sie dies als ausreichende Entschuldigung gelten, Luis und dschi. Ich empfinde sie als ein bisschen dürftig und halbherzig.« sagt My-Lady.

d. guckt Luis an, leichtes beidseitiges Augenzwinkern;
d. guckt My-Lady an, leichtes beidseitiges Augenzwinkern;
Luis guckt My-Lady an, leichtes beidseitiges Augenzwinkern.

»Mal sehen, wie das hier weitergeht.« murmelt d. vor sich hin.

»Und was war noch mal 4.?« fragt Peter.

In Anbetracht der Ausführungen von My-Lady ad 3. kann d. nicht mehr an sich halten und bekommt einen richtig schönen Lachanfall fast Lachkrampf und verlässt die Bibliothek. Luis bleibt äußerlich vollkommen beherrscht, er ist halt Butler und spielt seine Rolle perfekt.

»4. war: Was ist der Grund Deines Besuches Schwipp-Neffe Peter?«

»Na ich war grad hier in der Gegend, und denke ich schau mal bei meinem Tantchen vorbei.«

»'Meinem Tantchen'?«

»O.K. Tante.«

»Das hast Du ja nun getan, also was hält Dich noch hier, Du

kannst Dich doch unter uns 'Dorftrotteln' nicht besonders wohl fühlen.«

»Könnte ich nicht hier schlafen?« fragt Neffe Peter.

My-Lady kann hierzu schlecht NEIN sagen, das verbietet ihr ihr Anstand auch im Hinblick auf die verwandtschaftlichen Beziehung.

»Luis, begleiten Sie Herrn Skunk zu seinem Wagen, damit er seine Reisetasche hereinholen kann.«

Bevor Ekel Neffe Peter zurück ist, bespricht sich My-Lady kurz mit d..

»Der will hier rumschnüffeln. Sie dschi und Luis bewacht ihn rund um die Uhr. Lassen Sie ihn nicht einen Augenblick unbeaufsichtigt.«

»Die erste Wache übernehmen Sie bitte My-Lady, ich bespreche mich kurz mit Luis.«

D. vereinbart mit Luis eine Wachablösung alle zwei Stunden. Luis übernimmt freiwillig die erste Wache.

Nachdem My-Lady Peter Skunk in das Gelbe Gästezimmer im Erdgeschoss gebracht hat, fragt d. »Was machen wir denn jetzt?«

»Na was wohl. Wir versorgen Bertha noch kurz und gehen dann zu mir rauf.«

My-Lady und d. machen mal wieder eine schöne 69-ger Nummer, bis d. ein Geräusch auf dem Balkon hört. Kurz darauf flammt ein Blitzlicht auf. Leider muss d. seine momentane Tätigkeit aufgeben. Skunk ist auf dem Balkon. Er muss sich aus seinem Fenster geschlichen und dann als Fassadenkletterer betätigt haben.

»In maximal zwei Minuten bist Du hier verschwunden; Deine Kamera bleibt selbstverständlich hier.« ruft d. in Richtung Balkon.

Ins Treppenhaus ruft d. »Luis, Action!«

So schnell wie irgend möglich zieht d. sich an und läuft runter zum Gelben Zimmer. Skunk ist noch nicht da, die Zwei-minutenfrist ist fast abgelaufen.

»Passen Sie auf Luis, dass der Skunk nicht einfach ohne seine Sachen aber mit der Kamera abhaut.«

»Keine Bange, seinen Wagen habe ich längst blockiert.«

Sicherheitshalber greift d. zu seinem so geliebten Baseball-schläger, als Skunk auftaucht.

»Die zwei Minuten sind rum Herr Skunk, und wenn ich Sie jetzt um die Kamera bitten darf.«

»Halt Deine dumme Fresse Du Wichser, Du hast mir gar nichts zu sagen.«

d. holt mit dem Baseballschläger aus, schlägt zu und trifft Skunk voll auf die linke Kniescheibe. Fast noch im Fallen des Skunk nimmt d. ihm die Kamera ab.

»Verwahren Sie sie gut, aber lassen Sie den Film noch drin. Was mit dem Film geschehen soll muss unsere Lady entscheiden.« sagt d. zu Luis »Auf dem Rückweg bringen Sie mir bitte 2 Flaschen Whisky mit, denn ich denke unser Freund hier braucht eine kleine Stärkung nach dem Schrecken.«

Als Luis zurückkommt bietet d. Skunk eine Flasche Whisky an mit der munteren Aufforderung sich einen ordentlichen Schluck zu genehmigen. Wenigstens Saufen kann der Skunk, denkt d., denn Skunk schafft in einem Zug fast die halbe Flasche, wie d. zu seiner Befriedigung feststellt. Skunk merkt gar nicht, dass er schon wieder einen massiven Fehler begangen hat.

»Nun nehmen Sie noch einen kleinen Schluck und kriechen dann aus dem Haus, wenn Ihnen Ihre rechte Kniescheibe von Wert ist, die zwei Minuten sind längst rum.« sagt d. und tätschelt seinen Schläger.

Das erste mal, das Skunk etwas begreift, und er fängt tatsächlich an aus dem Haus zu robben.

»Suchen Sie kurz die Sachen von unserem Gast zusammen Luis, Herr Skunk verlässt uns nun.«

d. bietet Skunk laufend Whisky an den er, dusselig wie er ist, auch säuft. Als er endlich kriechend den Vorplatz erreicht, hat er schon eine ganze Flasche Whisky geleert. Luis hat zwischenzeitlich längst das Gepäck des Skunk in den Kofferraum geworfen und den Wagen in die Nähe des Eingangs bugsiert.

»Immer schön trinken Peter, das lindert die Schmerzen.«

sagt d. und öffnet die zweite Flasche. Skunk ist nun schon so betrunken, dass d. ihm die Flasche halten muss. d. füllt Peter nun richtig schön ab.

»Immer schön trinken und dabei an das rechte Knie denken.«

sagt d..

Aber mehr als ¾ aus der zweiten Flasche schafft er wirklich nicht mehr. d. gießt Peter den Rest einfach über den Kopf. Sorgfältig entfernt d. jeden Fingerabdruck von den Flaschen bevor er Skunk's darauf anbringt. Beide Flaschen wirft d. in den Wagen. Luis hilft d. Skunk ins Auto zu verfrachten. Luis reicht d. seine Glacéhandschuhe. »Danke, gute Idee Luis.«

Autocrash wollte d. doch schon immer mal fahren, nun hat er *die* Gelegenheit dazu und nutzt sie reichlich. Schöne Schlangenlinien, aber nicht zu gleichmäßig, fahren, mal eine leichte Bremsspur hinterlassen und gelegentlich mal gegen was Hartes fahren, schwups da sind die ersten Beulen und schwups da ist auch schon der linke Scheinwerfer hin, so bringt Autofahren erst richtig Spaß. Nun vorsichtig, der zweite Scheinwerfer muss bis zur 5 km entfernten Straße halten.

Peter bekommt von all dem nicht viel mit, brabbelt unverständliches Zeug vor sich hin.

'Wenn Du pinkeln musst, nur zu, Deine Hose ist eh schon ruiniert.' murmelt d. vor sich hin, und hätte jetzt gerne eine Schale mit lauwarmen Wasser parat.

Als d. die Straße erreicht geht er folgendermaßen vor:

Scheinwerfer aus, Skunk irgendwie auf den Fahrersitz platzieren, gucken ob keiner kommt und guckt, Scheinwerfer an, 2. Gang einlegen, rausspringen, der Wagen rollt an, die

Fahrertür knallt zu und der Wagen rollt sachte in den gegenüberliegenden Straßengraben, genau dahin wo d. ihn hinhaben wollte. Der Motor würgt ab, und das Licht bleibt an.

Perfekt, genauso war das von d. geplant.

d. macht sich in leichtem Dauerlauf querfeldein auf den Rückweg zu My-Lady's Anwesen, das er nach ca. 45 Minuten seit der Abfahrt wieder erreicht.

My-Lady wartet schon auf d. in der Bibliothek.

»Wirklich toll gemacht dschi, das hätte ich Ihnen als Weichei wirklich niemals zugetraut!«

d. weiß nicht so recht ob diese Bemerkung Lob oder Vorwurf ist, aus der Stimmlage von My-Lady ist das nicht herauszuhören, zu mal d. etwas erschöpft ist. d. schildert My-Lady kurz wie er Peter Skunk 'entsorgt' hat.

»Ich bin richtig happy dschi. Sie haben spontan wirklich in meinem Sinne gehandelt, berechnen Sie sich Sonderzulagen, Erschwerniszulagen, Überstunden, ganz in Ihr Ermessen gestellt.«

»Nichts desgleichen werde ich tun. Ich gehe hier nur meinen Jobs nach, und wenn notwendig auch mit Härte. Aber um eines möchte ich Sie bitten My-Lady, überdenken Sie Ihre Einschätzung des Weicheies, schließlich stamme ich aus Rattown. Die Ablehnung von Brutalität hat nichts mit Weichheit zu tun!«

»Ich hab's schon verstanden dschi.« sagt My-Lady.

My-Lady und d. erörtern noch kurz ob von hier aus die Polizei angeklingelt werden soll, so in dem Tenor 'Wir haben eben ein entfernt klingendes ungewohntes Geräusch gehört, sehen Sie doch mal auf der Landstraße zu meinem Anwesen nach ob da was passiert ist'.

My-Lady und d. beschließen nichts zu tun, denn irgendjemand wird die Landstraße heute Nacht passieren, den Wagen von Skunk im Straßengraben finden und die Polizei rufen. Darauf verlassen sich My-Lady und d..

Für Bertha wird vorläufige Entwarnung gegeben, aber mit der

dringenden Bemerkung, äußerst wachsam zu sein, da eventuell Alarm 4. ausgerufen werden muss.

Luis wird für die ganze Nacht als Wache zu Bertha's Schutz eingeteilt.

My-Lady und d. nehmen ihre durch Peter Skunk unterbrochenen Tätigkeiten wieder auf, aber intensiver als vor der Unterbrechung mit einer Flasche Champagner am Bett von My-Lady.

Am nächsten Morgen, es ist fast schon Mittag, erscheint My-Lady in d.'s Privatbüro.

»Wir haben noch keinerlei Nachricht von der Polizei?« fragt My-Lady.

»Nein, so wie ich Ihren Schwipp-Neffen abgefüllt habe, sollte Peter Skunk noch in einer Ausnüchterungszelle sitzen. Ich erwarte aber in kürze eine Reaktion seitens der Bullen.«

So gegen 17 Uhr des Tages ruft Luis: »Achtung, die Bullen rücken an.«

d. sprintet zu Bertha und ruft »Alarmstufe 4!« Bertha weiß was sie zu tun hat, d. nicht.

d. wundert sich über Luis lässige, für ihn doch eine unmögliche Ausdrucksweise, d. hat aber keine Lust sich in diesem Moment weitere Gedanken zu machen geschweige denn darüber zu diskutieren.

Luis streift sich mal wieder sein Butlerdress über. Die Polizeibeamten wünschen die Dame des Hauses zu sprechen. My-Lady erscheint und bittet die beiden Herren in die Bibliothek, d. ist selbstverständlich anwesend.

»Was kann ich für Sie tun Gentlemen?« fragt My-Lady.

»Kennen Sie einen gewissen Peter Skunk?« fragt einer der Polizeibeamten.

»Ja selbstverständlich, das ist ein Schwipp-Neffe von mir und er ist gestern Abend hier unangemeldet und unerwartet erschienen. Irgendwann im Laufe der letzten Nacht ist er mit Sack und Pack wieder verschwunden.« sagt My-Lady.

»Ihren 'Schwipp-Neffen' haben wir letzte Nacht gegen 4 Uhr in volltrunkenem Zustand im Straßengraben der Landstraße in seinem lädierten Wagen aufgefunden. Und nach dem er einigermaßen in unserer Zelle ernüchtert ist, erzählte er uns eine geradezu unglaublich, abenteuerliche Geschichte, deswegen sind wir hier. Peter Skunk behauptet, er wäre in Ihrem Hause zusammengeschlagen worden, wie und von wem daran vermag er sich nicht mehr erinnern, man hätte ihm dann Whisky eingeflößt und in den Straßengraben manipuliert.«

»Eine wahrhaft abenteuerliche Geschichte.« bemerkt My-Lady.

»Zwei leere Whiskyflaschen der Marke Jonny Walker wurden in seinem Wagen gefunden, könnten die von hier stammen?« fragt der Beamte.

»Sehr gut möglich,« erwidert My-Lady, »davon haben wir immer ein paar Flaschen im Hause. Ich versuche mal eben etwas Näheres zu erfahren.

dschi können Sie kontrollieren ob zwei Flaschen Jonny Walker aus unserem Bestand fehlen?«

»NEIN. Über den Whiskyverbrauch führe ich kein Buch. Fragen Sie doch mal Luis.« mit einem nur für My-Lady bemerkbaren Augenzwinkern.

My-Lady ruft Luis.

»Luis, fehlen uns seit gestern Abend zwei Flaschen Jonny Walker?«

»Das, Lady, ist kaum feststellbar, ich kaufe zwar ein, aber führe kein Buch über den jeweiligen Bestand.« sagt Luis.

»Danke Luis, Sie können wieder Ihrer unterbrochenen Tätigkeit nachgehen.« sagt My-Lady und zu den Polizeibeamten:

»Ich kann mir im Moment nur vorstellen, dass mein Schwipp-Neffe, der hier übernachten wollte, sich aus der Vorratskammer zwei Flaschen genommen hat, und sich dann wieder, ohne etwas zu sagen, auf seinen Weg gemacht hat.«

»Wollen Sie eine Diebstahlsanzeige aufgeben?«

93

»Haben Sie noch etwas in seinem Wagen gefunden, das von hier stammen könnte? Bislang vermisse ich nichts.« sagt My-Lady.

»Nein, alle anderen Sachen in seinem Wagen scheinen ihm zu gehören, zumal nichts von nennenswertem Wert dabei war.«

»Wegen zwei Flaschen Whisky werde ich keinen auch noch so ungeliebten Schwipp-Neffen anzeigen, zumal ich den Beweis eines 'Diebstahls' wohl kaum erbringen kann.«

Die Polizei verzieht sich wieder, My-Lady benachrichtigt Luis, dass Alarmstufe 4. aufgehoben ist, und dass Bertha davon in Kenntnis gesetzt wird.

»Was machen wir mit dem Film von Perter Skunk, wir beide bei 69, das könnte doch ein hübsches Foto werden.« sagt d..

»Sofort vernichten!« befiehlt My-Lady.

d. ruft nach Luis, und bittet um die sofortige Übergabe Skunk's Kamera.

d. entnimmt den Film und belichtet ihn minutenlang unter einer Halogenlampe, und beauftragt Luis die Kamera irgendwie nachhaltig zu 'entsorgen', einfach in den nächsten See zu werfen oder ähnliches.

»Aber keine Tricks, secondhand-Verkauf oder ähnlich, *wirklich vernichten!*« ermahnt d. Luis im Beisein von My-Lady.

»Haben Sie eine Idee Sir, wie ich das bewerkstelligen soll?« fragt Luis d. »Eine? Dutzende! Sie schnappen sich den Land Rover, und vergessen Sie die Kamera des Peter Skunk nicht, fahren damit zum nächsten internationalen Flughafen, und buchen einen Flug nach Chicago. Dort mieten Sie sich einen unauffälligen Mittelklassewagen und fahren damit in Richtung Westküste des Lake Michigan. Dann suchen Sie die Küstenstraße Sheridan Road. Kurz vor Highland Park finden Sie ein Bootshaus, Name und Hausnummer habe ich nicht in meinen grauen Zellen. Dort besorgen Sie sich ein Ruderboot, mieten oder ohne Bezahlung 'ausleihen' ist Ihre Sache, und fahren mit dem Boot *exakt* 851 m exakt ostwärts. Da gibt es im

Lake Michigan einen Graben, und in diesen Graben lassen Sie körperverdeckt von Westen einfach die Kamera aussenbords fallen, von der Ostküste sind Sie nicht beobachtbar. Meinen Kompass und meinen Laser-Entfernungsmesser gebe ich Ihnen mit. Wiedersehen meiner Geräte, und auch Sie Luis macht Freude Luis.«

»Ich kann nicht rudern Sir.« sagt Luis.

Ein leichtes Augenzwinkern zwischen My-Lady genügt, selbstverständlich verscheißert d. nun Luis etwas, was My-Lady sofort versteht.

»Dann müssen wir uns etwas Anderes ausdenken. Sie besorgen sich einen Neoprenanzug und durchschwimmen den Ärmelkanal, dabei lassen Sie die Kamera unauffällig etwa in der Mitte das Kanals fallen.«

»Ich kann so lange Strecken nicht schwimmen Sir.« sagt Luis und merkt etwas.

»Dann müssen wir uns etwas Anderes ausdenken. Sie chartern in Argentinien ein Flugzeug, fliegen zum Argentinischen Becken, das 6200 m tief ist, und werfen Skunk's Kamera ab.«

»Ich kann nicht fliegen Sir.« sagt Luis und geht auf das Spiel ein.

»Dann müssen wir uns etwas Anderes ausdenken. Sie fahren nach Travemünde. Auf den Weg dorthin besorgen Sie sich den unmöglichsten Touristenhut, den Sie auftreiben können und buchen dann eine Fähre nach Helsinki. Nach drei Stunden Fahrt stellen Sie sich auf Lee an die Reling und tun so, als ob Sie fotografieren wollen, dabei fällt Ihnen die Kamera aus der Hand. Wütend werfen Sie Ihren Hut hinterher.

Auch andere Fährverbindungen sind geeignet. Auf den Hut kommt es an Luis. Nur mit einem grotesken Hut wird das Manöver glaubhaft.«

»Wie viele James-Bond-Filme haben Sie gesehen dschi?« fragt My-Lady.

»Alle minus neunzehn.« entgegnet d..

Luis macht sich tatsächlich mit Skunk's Kamera auf den Weg, und erscheint erst drei Tage später, mit einem deutlichen Grinsen im Gesicht, wieder auf My-Lady's Anwesen. d. wird die Vermutung nicht los, dass Luis so etwas wie 'Entsorgung vermittels einer Fähre' praktiziert hat. d. erfährt nie etwas Näheres, da die Auslagen offenbar aus My-Lady's Schwarzkasse beglichen wurden.

Am nächsten morgen sitzen My-Lady und d. erstmals in d.'s Büro zusammen. My-Lady fühlt sich sichtlich unbehaglich in diesem nüchternen rein zweckdienlich unplüschig ausgestattetem Raum, und sie verfassen einen Serienbrief an alle ihre angeheirateten Verwandten in dem Sinne, dass allen verboten wird jemals ihr Anwesen zu betreten, und dass eine Zuwiderhandlung sofort zum Rausschmiss und Strafanzeige wegen schweren Hausfriedensbruchs führen wird.

Luis bringt den Stapel Briefe als Einschreiben mit Rückantwort mit persönlicher Zustellung am nächsten morgen zur Post.

Nur einer der Briefe kommt als unzustellbar zurück.

Nachspiel:

Der Peter Skunk traut sich tatsächlich Klagen gegen My-Lady zu erheben mit den Vorwürfen der schweren Körperverletzung, Diebstahl, schwerer Sachbeschädigung, Nötigung et cetera.

Noch nie ging es in einem Gerichtssaal so lustig zu.

Niemand glaubt seinen im Wesentlichen richtigen Darstellungen, zumal er schamhaft den Grund zu diesen, von ihm angegebenen Vorkommnissen, verschweigt. Die Zeugen Luis und d. sagen einhellig aus, dass Peter Skunk den Abend zwar auf dem Anwesen von unserer Lady war, das Gelbe Gästezimmer zur Verfügung hatte, aber irgendwann in der Nacht einfach verschwunden ist.

Jeder glaubt, was d. bezweckt hatte, dass sich Peter Skunk zwei Flaschen Whisky aus der Vorratskammer besorgt hat, sich hat vollaufen lassen und sich in dem Vollrausch in seinen Wagen gesetzt hat und abgefahren ist. Auch alle polizeilichen Ermittlungen weisen darauf hin.

Volltrunken im Straßengraben, zwei vermutlich aus den Vorräten von My-Lady's Anwesen stammende leere Whiskyflaschen im Wagen, deutliches Schlangenfahren auf dem Weg zur Straße, auch das linke Scheinwerferglas wurde von den Polizeibeamten gefunden.

Niemand glaubt, dass My-Lady ihn mit einem Baseballschläger das linke Knie zertrümmert hat, ihm eine Kamera geklaut hat, et cetera. d. setzt wieder sein inneres Grinsen auf. Selbstverständlich wird My-Lady von jeder Schuld freigesprochen. Peter Skunk trägt alle Kosten und trägt damit zu seinem (erheblichen) Schaden auch noch jeden Spott. Auf dem Rückweg vom Gericht nach hause bei Tempo 210 km/h, d. fährt den Wagen immer lieber ein bisschen schneller als erlaubt, bemerkt My-Lady:

»Peter Skunk wird noch lange an seinen Ausflug zu mir denken.«

»Einspruch My-Lady,« entgegnet d. noch ganz in dem albernen juristischen Sprachgebrauch befangen, »er wird *immer* daran denken, denn er wird sein Leben lang humpeln.«

Heirat?

Über sieben Jahre lang lebt d. nun schon bei My-Lady, mit My-Lady.

Eines Morgens, d. sitzt an seinem Arbeitsplatz in der Bibliothek, betritt My-Lady die Bibliothek. Das hat sie in all den Jahren noch nie getan, morgens tut sie etwas anderes, d. kommt nicht dahinter was.

»Guten Morgen dschi. Was machen Sie denn da gerade am Computer? Sieht ja schrecklich wichtig aus.«

»Auch Ihnen My-Lady wünsche ich eine guten Morgen. Ich gehe heute mal wieder meinen lästigen, nervtötenden Verwaltungstätigkeiten nach. Ob man sie als 'wichtig' bezeichnen kann sei dahingestellt, getan werden müssen sie aber laufend. Nur, sie sind nicht so wichtig, dass ich sie jetzt fortsetzen muss. Ich speichere mal eben ab, und kann und werde mich dann ganz Ihnen widmen. Sie scheinen ja ein Anliegen zu haben, denn ich habe Sie um diese Zeit ja noch nie hier angetroffen.«

»dschi, haben Sie jemals daran gedacht, unsere Beziehung zu legalisieren.«

»Aber My-Lady, wir arbeiten völlig legal. Wir haben einen Arbeitsvertrag, den wir beidseitig einhalten. Wir entrichten Steuern, Sozialabgaben und was noch alles dazugehört.«

»Umwerfend komisch dschi. Sie wissen ganz genau was ich meine.«

»In der Tat My-Lady ahne ich was Sie sagen wollen. Sie haben mich aber total überrumpelt. Ich versuche nur etwas Zeit zum Überlegen herauszuschinden. In meinem hohen Alter lässt die Gehirnaktivität langsam aber sicher nach.«

»Blödeln Sie nicht rum dschi.«

»Über das von Ihnen angeschnittene Problem habe ich wirklich schon nachgedacht. Ich habe nie ernsthaft in Erwägung gezogen Ihnen einen Heiratsantrag zu machen.«

»So, so. Das ist ja hoch interessant.« bemerkt My-Lady etwas spitz, »Die Gründe werden Sie mir sicherlich gleich mitteilen.«

»Ich halte diese Idee für keine besonders gute Idee. Seit mehr als sieben Jahren haben wir eine Beziehung aufgebaut im geschäftlichen und privaten Bereich, die sich als außerordentlich stabil erwiesen hat.

Ich ahne My-Lady, dass jede Veränderung eine Verschlechterung sein wird.«

»Da bin ich aber auf weitere Ausführungen von Ihnen gespannt dschi.«

»Wenn ich Ihr Ehemann werden würde, müsste ich nicht mehr arbeiten. Ob ich noch so viel arbeiten würde ist fraglich. Ich könnte mir eine andere Lebensart angewöhnen. Ich werde Mitglied im nächsten Golfclub, bin den ganzen Tag außer Haus. Nach Einsetzen der Dunkelheit besuche ich mehr oder weniger zwielichtige Bars und vergnüge mich auf Ihre Kosten mit irgendwelchen Girls. Gelegentlich fahre ich in bisschen angetrunkenem Zustand Ihre Autos zu Schrott. Sie müssten dann die Belange Ihres Hauses wieder selbst regeln, zu Ihren Kosten zu Ihrer zeitlichen Belastung und könnten sich weit weniger um Ihre eigentlichen Interessen kümmern und Ihren eigentlichen Tätigkeiten nachgehen.«

»Das würden Sie tun dschi. Das kann doch nicht Ihr Ernst sein. Da habe ich Sie aber wirklich anders eingeschätzt!«

»Ich behaupte nicht My-Lady, dass es dazu kommen muss, es kann aber dazu führen, vielleicht nicht so extrem. Bedenken Sie bitte, wir ändern uns im Verlaufe der Zeit, eventuell verstehen wir uns eines Tages nicht mehr so gut wie heute. Unter den momentanen Gegebenheiten können wir uns schnell und problemlos jederzeit trennen.

Ich kann für *Sie*, und darauf kommt es mir an, keinerlei Vorteile erkennen, nur Risiken. Um eines möchte ich Sie bitten My-Lady, denken Sie noch einmal über meine Argumentation nach.«

»Das werde ich wirklich tun; und nennen Sie mich nicht dauernd 'My-Lady'.«

»Sollten wir jemals heiraten, eines wird sich nicht ändern, ich werde Sie immer 'My-Lady' nennen, diese Anrede ist längst mein Kosename für Sie.«

»Sie sind unmöglich dschi, aber vielleicht mag ich Sie gerade deswegen. Sie werden von mir hören.«

Ein bisschen eingeschnappt rauscht My-Lady ab. Auch das sonst übliche gemeinsame Diner fällt an diesem Tage aus. Am nächsten Morgen hat d. wieder einen seiner Großkampftage.

Er will endlich die restlichen Bleiwasserrohre gegen Kupferrohre auswechseln. Um 7 Uhr wirft d. sich in seine Klamotten für diese Fälle, sucht Werkzeuge zusammen und begibt sich in den Keller als Ort des Geschehens.

Gegen 10 Uhr erscheint Luis im Keller.

»Sir, die Lady lässt Ihnen ausrichten, sie möchte Sie sofort und ohne jeden Verzug in der Bibliothek sehen.«

d. stellt den Gasbrenner, den er zum Löten benutzt, aus und macht sich auf den Weg.

»Guten Morgen My-Lady, ich hoffe Sie hatten eine angenehme Nachtruhe.«

»Sie sind das schmutzigste, verkommenste, infamste, niederträchtigste Subjekt, was mir je untergekommen ist!«

d. denkt es muss wohl eher übergekommen heißen, im Eingedenken der Praktiken, zwischen My-Lady und d., d. sagt aber nichts.

»Warum lassen Sie mich geschlagene 3 Minuten hier warten, und wie laufen Sie überhaupt rum, haben wir kein Wasser und keine Seife mehr im Hause?«

»Sie haben recht My-Lady, zurzeit haben wir kein Wasser im Hause, da ich gerade an Veränderungen der Wasserrohre arbeite und die alten Bleirohre sind nun mal dreckig. Erst nach Abschluss dieser Arbeiten werde ich ausgiebig duschen. Und ich bin wirklich schmutzig, verkommen, infam und niederträchtig, ob ich in diesen Disziplinen Weltmeister bin wage ich anzuzweifeln.«

»Wie konnte ich nur so töricht sein Ihnen eine Ehe mit mir vorzuschlagen dschi. Sie haben völlig recht es gibt wirklich keinen Grund dies in Erwägung gezogen zu haben. Auf Ihr Anraten habe ich diese Idee wieder verworfen. Daher danke ich Ihnen für Ihre Denkanstöße. Aber zwischen uns bleibt doch alles beim Alten?«

»Von meiner Seite ist gegen unsere Beziehung, so wie sie ist, nichts einzuwenden, ich empfinde sie einfach *perfekt*.«

»Ein bisschen anmachen würde es mich jetzt, wenn Sie mir mit Ihren richtig schön schmutzigen Händen an den Busen fassen.«

»Ihre weiße Bluse leidet aber darunter,« entgegnet d., »wenn Sie dann kreischend durchs Haus laufen, und jedem erzählen ihr Privatsekretär ist ein gemeiner Busengrabscher unter Vorführrung Ihrer Bluse werden Sie sich nur lächerlich machen My-Lady; jeder hier im Hause weiß über unsere intime Beziehung bescheid.«

»Tüteln Sie nicht schon wieder rum dschi.«

d. stellt sich hinter My-Lady greift ihr unter den Armen durch und fängt an ihre Brüste zu streicheln und drückt sich an sie.

»Sie haben schon wieder einen Ständer dschi. Nutzen wir ihn aus, jetzt stehend von hinten, das haben wir noch nie so praktiziert.«

»Es darf Sie doch wirklich nicht wundern My-Lady, dass ich unter den momentan gegebenen Umständen schlicht geil werde.«

»Doch,« sagt My-Lady danach, »diese Stellung können wir mit in unser Repertoire aufnehmen.«

»Eine Frage habe ich noch dschi. Wenn *ich* Ihnen gestern einen Heiratsantrag gemacht hätte, wie hätten Sie darauf reagiert?«

»Ich hätte Ihnen geantwortet,« sagt d. launig, »wenn es Ihr unumstößlicher Wunsch ist, werde ich mich einer Ehe mit ihnen nicht verschließen. Es widerspricht nicht unseren Abmachungen.«

»Sie sind ein *ganz gemeiner niederträchtiger Schuft* dschi!« bemerkt My-Lady und rauscht von dannen.

'Da hat My-Lady völlig recht' sinniert d. vor sich hin 'aber zum Weltmeister langt das schon wieder nicht'.

An diesem Abend findet das übliche gemeinsame Diner My-Lady und d. wieder statt.

Krank

Eines Tages, nachdem d. fast 10 Jahre mit und bei My-Lady gelebt hat, fährt My-Lady früh morgens den BMW aus der Garage und verlässt das Anwesen. Niemand wird informiert.

Hoffentlich geht das gut bei ihrer Fahrpraxis denkt d., d. hat My-Lady kaum jemals Auto fahren sehen.

Es muss sich um eine ganz geheime Mission handeln, im Zusammenhang mit Ihrer Kunst? fragt d. sich.

Am späten Abend, nach der Dinertime, erscheint My-Lady wieder. Doch der BMW scheint unversehrt.

d. zieht sich in sein Privatbüro zurück und tut so als ob er was tut. Das kann d. immer noch hervorragend.

My-Lady klopft an.

»Herein wenn's kein Klempner ist.« ruft d..

My-Lady betritt sichtlich nervös d.'s Büro.

»dschi, ich muss Ihnen etwas mitteilen.«

»Gleich My-Lady, ich glaube Sie brauchen erstmal einen Drink so wie Sie aussehen.«

d. macht mal eben zwei Drinks einen normalen für sich und einen doppelt-starken für My-Lady.

»Danke dschi das kann ich jetzt wirklich brauchen.«

»Schiessen Sie los My-Lady, wo brennt es denn?«

»Ich war heute zur Untersuchung in der Klinik und die Ärzte habe zwei bösartige Tumore diagnostiziert. Beide im Anfangsstadium aber beide nicht operabel. Damit scheint mein Leben absehbar zu Ende zu gehen. Die Ärzte sprechen von maximal einem ¾ Jahr Restlebensdauer.«

d. ist schockiert und denkt minutenlang nach.

»No My-Lady, den Kampf gegen Ihre Tumore nehme ich auf. Viele Krebsarten sind auf eine Immunschwäche zurückzuführen. Immer wieder kommt es vor, dass sich solche Geschwülste vollständig zurückbilden.

Ich werde mich sofort darum kümmern.«

»Glauben Sie nicht dschi, dass Sie gegen einen Papiertiger kämpfen?«

»Einen Kampf gegen einen Papiertiger gewinne immer ich My-Lady. Ruhen Sie sich aus.«

»Nein dschi gerade jetzt hätte ich Lust.«

»Finden Sie, dass das eine gute Idee ist?«

»JA.«

d. denkt in seiner Schwerfälligkeit einen Augenblick nach.

»Sie haben recht My-Lady, das ist eine wirklich gute Idee.«

My-Lady und d. wechseln von d.'s Büro in My-Ladys Bett und treiben es richtig schön intensiv bis My-Lady einschläft.

d. stiehlt sich wie fast immer davon, aber diesmal nicht in sein Bett sondern zurück in sein Büro. Er wirft seinen Rechner an und logt sich ins Internet ein. Stunde um Stunde sucht d. nach Krebs Selbstheilung.

d. wird fündig. Er findet das was er schon ahnte und wusste, Krebs trägt praktisch jeder in sich und ein gesunder Körper ist in der Lage eine Krebszelle zu vernichten. Erst wenn die Abwehrsysteme des Körpers geschwächt sind kann sich eine Krebszelle vermehren bis zu erkennbaren Tumoren bis hin zum Tod.

d. wird bei seiner Suche immer hektischer. Er gerät in eine Art Rausch.

Er findet den Namen eines Mediziners, Professor an der Universität Alternate in Alter mit dem Namen Prof. Dr. med H.-M. Anders. Na der Ort Alter ist doch nur lockere 600 km von My-Lady's Anwesen entfernt.

d. sucht weiter um etwas über Prof. Anders zu finden.

Das alles würde ja nicht so viel Zeit und vor allem Nerven kosten wenn d. sich nicht andauernd mit Werbescheiße auseinander setzen müsste. Ohne jeden Unterlass muss d. sich fortwährend mit unaufgeforderten Angeboten von A: Animalfucking über K: spezial Kondome für Schwule bis Z: Zentrum für Kindervergewaltigung auseinandersetzen.

d. findet einen Artikel über Prof. Anders. Der Artikel ist ein völliger Verriss über die Aktivitäten des Prof. Anders, offenbar geschrieben von 'Schulmedizinern' die ja eh keine Zusammenhänge begreifen.

d. erinnert sich noch sehr genau daran, dass unwidersprochen behauptet wird, dass jede 2. Diagnose, erstellt von Schulmedizinern, schlicht falsch ist. Über die Konsequenzen der Therapien, die normalerweise einer Diagnose folgen, mag d. noch nicht einmal nachzudenken.

In diesem Artikel klingt aber auch an, dass Prof. Anders durchaus gute Erfolge in der Krebsbehandlung auf der Basis der Selbstheilung zu verzeichnen hat.

Hiernach sind gute Erfolgsaussichten zu verzeichnen, nicht garantiert, wenn ein starker Lebenswille vorhanden ist und das Immunsystem nachhaltig gestärkt wird.

Alles was d. findet speichert er und druckt es auch aus.

Prof. Anders ist d.'s Mann. d. versucht sofort seine email-Adresse zu finden, scheitert aber leider. Somit muss wieder Papierträgerei veranstaltet werden. d. verfasst noch in dieser Nacht ein Schreiben an Prof. Anders, druckt es, kuvertiert es und legt es in die Ablage Postausgang, die Luis zu erledigen hat.

Mittlerweile ist es so früh oder spät geworden, dass die Bewohner des Hauses langsam beginnen ihren Tätigkeiten nachzugehen. d. stiehlt sich heimlich in sein plüschiges Schlafzimmer und schläft vor Erschöpfung alsbald ein.

d. wird unsanft gegen neun Uhr geweckt.

My-Lady steht mitten im Zimmer.

»Was haben Sie heute Nacht getrieben, haben Sie sich vollaufen lassen?«

»Nein My-Lady, ich habe bis acht Uhr morgens intensiv gearbeitet, und nun lassen Sie mich bitte bis Mittag schlafen. Ausführlich werde ich Ihnen über meine Arbeit heute Nacht berichten. Bitte sorgen Sie dafür, dass mein Brief an Prof.

Anders unverzüglich zur Post kommt. Es ist in Ihrem eigenen Interesse äußerst wichtig.«

»Lallen tun Sie ja wirklich nicht.«

d. steht erst gegen 16 Uhr auf. Die Kreuzberger Nächte 'Früh morgens wach ich auf sechzehn Uhr zehn ....' gehen ihm einfach nicht aus dem Sinn.

Nach dem Diner berichtet d. My-Lady von seiner nächtlichen Aktivität und insbesondere was er über Prof. Anders herausgefunden hat.

Mit Bedacht wählt d. seine Worte.

»Ich denke My-Lady, Sie haben allerbeste Chancen wieder völlig gesund zu werden. Sie haben doch einen außergewöhnlich starken Lebenswillen, sonst würden Sie sich wohl kaum nach wie vor so intensiv Ihrer Kunst widmen. Ihre Karzinome sind im Anfangsstadium. Das bisschen Immunsystem stärken, kriegen wir schon mit Prof. Anders hin. Bedingung ist aber Sie müssen wirklich *echt und fest* daran glauben.«

»Wir werden wirklich sehen wie das weiter geht. Glauben Sie als Naturwissenschaftler daran, was Sie da erzählen? Mir kommen da doch einige Zweifel.«

d. reißt sich zusammen und versucht seine Stimme so fest wie möglich klingen zu lassen.

»Sehr wohl My-Lady, diese Selbstheilungen sind etliche Male nachgewiesen, das müssen selbst die von mir wenig geschätzten Schulmediziner, wenn auch widerwillig, zugeben. Die Schulmediziner sind mir zu überheblich, zu selbstgefällig und zu arrogant, dies in Anbetracht ihrer Leistungsfähigkeit, auch wenn ich mich wiederhole: jede zweite Diagnose dieser Leute ist einfach falsch. Noch nicht einmal Kfz-Mechaniker können sich so etwas leisten. Die Medizin versteht die Zusammenhänge nicht, und über die Entstehung von Krankheiten ist erschreckend wenig bekannt.«

»Tut mir leid dschi, ich bin skeptisch.«

»Ihre Skepsis ist sehr wohl angebracht . Von Professor Anders erwarte ich in kürze zwei Dinge:

1. eine Dokumentation über seine Ideen, Theorien und Erfolge um Sie auch gedanklich und innerlich in die Bahn zu lenken, dass Heilung durchaus möglich ist.

2. eine Therapie zur nachhaltigen Stärkung Ihres Immunsystems, sei es medikamentös oder von Seiten der Ernährung oder was sich Herr Anders noch hat einfallen lassen.

Warten wir ab, was nun geschieht.«

Ein paar Tage später erreicht My-Lady ein Einschreib-Päckchen von Prof. Anders. d. händigt dieses am Abend, selbstverständlich ungeöffnet, My-Lady mit der Bemerkung: »Die beiliegende Rechnung erbitte ich in mein Büro.« aus.

My-Lady zieht sich in ihre aller geheimsten Gemächer zurück und ward zwei Tage lang nicht mehr gesehen.

Am dritten Abend danach findet das gemeinsame Diner wieder statt.

»Na My-Lady, was schreibt Prof. Anders?«

»Er hat mich überzeugt.« bemerkt sie kurz und bündig.

d. bemerkt sehr wohl Änderungen im Verhalten von My-Lady. Ihr Essen ist irgendwie anders und ein bisschen versteckt schluckt sie auch eine Pille.

Berta und Luis müssen zwischenzeitlich eindeutige Instruktionen von My-Lady erhalten haben.

Um irgendetwas zu sagen wagt d. My-Lady auf eine Rechnung anzusprechen.

»Eine Rechnung von Ihrem Prof. Anders war nicht dabei dschi.«

Im Verlaufe der nächsten Tage finden alle nach dem Schock zu dem gewohnten Lebenstrott zurück.

Ab und zu sucht d. weiter im Internet, aber so richtig was Neues findet er in Bezug auf My-Lady's Krankheit und Behandlung nicht mehr.

Niemals bekommt d. den Inhalt des Päckchens von Prof. Anders zu sehen. d. überlegt ob er noch einmal von sich aus einen Kontakt zu Herrn Anders aufnehmen soll, entscheidet sich aber dagegen. Dies müsste My-Lady veranlassen.

d. wird den Verdacht nicht los, dass My-Lady in ständigem Kontakt mit Prof Anders steht, sie sagt aber zu d. kein Wort.

Monate vergehen. d. kann äußerlich an My-Lady keine Verschlechterung ihres Zustandes erkennen, und schöpft Hoffnung.

Das von ihren Ärzten angegebene ¾ Jahr ist fast herum. My-Lady sieht aus wie immer, gesund, hübsch, schön; mitnichten krank, abgemagert, elend, und sie ist offenbar auch schmerzfrei.

»Ist es mit Ihrer Würde in Ihrer erhabenen Stellung bei mir vereinbar morgen Vormittag meinen Chauffeur zu spielen?«

»Ich fahre Sie wo immer Sie hin möchten, und es wird mir ein Vergnügen sein. Wo soll es denn hingehen My-Lady?« entgegnet d. und ahnt schon was auf ihn zukommt.

»Morgen Vormittag habe ich einen Termin bei meinen alten Ärzten, von Ihnen herablassend 'Schulmediziner' genannt, zwecks Untersuchung meiner seinerzeit diagnostizierten Tumore.«

»Selbstverständlich werde ich Sie fahren, wann soll es denn losgehen?«

»Wir fahren hier um sieben Uhr ab, Erschwerniszulage ist wegen Ihrer Angewohnheiten des späteren Aufstehens gewährt, und Luis wird Ihnen eine Chauffeursmütze raussuchen.«

»O.K..«

Als My-Lady sich zurückgezogen hat bespricht sich d. in aller Heimlichkeit mit Luis.

»Es könnte sein, dass dieses Haus morgen ordentlich was zu feiern hat. Ich glaube My-Lady ist wieder ganz gesund. Veranlassen Sie bitte, dass ausreichend Champagner im Hause ist und bereiten Sie ein Seafood Essen aller erster Güte vor, alles vom Feinsten: Hummer, Garnelen, Lachs, Aal und Beilagen.«

Luis und d. erörtern auch Alternativen und vereinbaren Nachrichtencodes.

d. leiht sich eine gebundene graue Krawatte von Luis aus, gebunden, da d. nicht die leiseste Vorstellung hat wie man eine Krawatte bindet: ihm fällt nur das Schlagwort 'Windsorknoten' ein ohne zu wissen was das nun eigentlich genau ist und schon gar nicht wie man ihn erzeugt.

Pünklich um 7 Uhr steht d. fahrbereit in seinem grauen Anzug weißem Hemd und Luis grauer Krawatte und Luis Chauffeursmütze neben dem BMW. Von Berta hat sich d. noch einen Staubwedel ausgeborgt und fühlt sich nun ganz stilecht als Chauffeur einer Lady. Nur die Schuhe passen nicht ganz zu diesem ungewohnten Outfit, d. hat aber nichts Passendes.

»dschi, bitte, ich möchte, dass Sie mich fahren, Clownerie war nicht gefordert.«

d. reißt die Tür hinten links auf für My-Lady.

»dschi ich möchte vorne rechts sitzen.«

»Sehr wohl My-Lady, ganz wie My-Lady wünschen.«

»dschi Sie haben nun Ihren Spaß gehabt, fangen Sie sich wieder ein und benehmen Sie sich wieder normal. Was Sie für normal halten.«

»O.K..«

Die Fahrt in die Stadt verläuft fast schweigsam, viel zu erzählen gibt es zurzeit nicht und kalauern ist wohl kaum angebracht.

Als My-Lady die Klinik erreicht hat, wird sie von ihren Ärzten in Empfang genommen, und d. wartet in einem Aufenthaltsraum. Und d. wartet und wartet und wartet .... stundenlang und die Uhr wird immer langsamer. d. kommt es vor als ob sie stehen geblieben ist, nur Luis Mütze rotiert immer schneller in d.'s nervösen Händen.

Erst nachmittags erscheint My-Lady wieder. Sie sieht richtig gut aus und hat einen ganz zufrieden entspannten

Gesichtsausdruck. d. erkennt sofort: My-Lady ist als geheilt entlassen. My-Lady läuft auf d. zu und mit ihrer innigen Umarmung reist sie d. fast um. Gesprochen wird nicht, My-Lady kann auch nicht sprechen. Ein bisschen Aufsehen hat sie schon erregt, herumschmusen in der Vorhalle der Klinik mit ihrem Chauffeur lenkt doch die Blicke aller Anwesenden auf das Paar. Arm in Arm verlassen My-Lady und d. die Klinik.

Erst im Wagen findet My-Lady zu so etwas wie Sprache zurück.

»Ich bin Ihnen so dankbar dschi, ohne Sie würde ich jetzt unter der Erde liegen. Nun bin ich wieder ganz gesund.«

»Ich bin davon überzeugt Sie, My-Lady, hätten es auch ohne mich geschafft. Haben Sie ja auch, ich habe Ihnen ja lediglich einen kleinen Denkanstoß gegeben.«

»Nur keine falsche Bescheidenheit dschi Das, was Sie einen kleinen Denkanstoß nennen, war doch der für mich Entscheidende.«

Viel zu reden gibt es jetzt auch nicht.

»Möchten Sie noch ein bisschen in der Stadt bleiben, einen kleinen Bummel machen, wo Sie doch so selten herkommen? Ich verspreche Ihnen auf die Hand, ich werde mich nicht wie Ihr Chauffeur aufführen, Mütze, Krawatte und Staubwedel verschwinden im Kofferraum.«

»Ich möchte nach Hause dschi ich fühle mich hier nicht wohl.«

An der nächsten Telefonzelle hält d. und ruft kurz Luis an. Als Luis sich meldet sagt d. nur »Code a.« und legt auf.

Luis »Juhu.« hört d. nicht mehr.

»Das war das kürzeste Telefonat von dem ich je erfahren habe. Es kann doch nicht länger als zwei Sekunden gedauert haben.«

»Das Telefonat war weit kürzer als Sie annehmen aber voller Inhalt, Sie werden schon sehen was ein Buchstabe bewirken kann.«

»dschi, auch wenn Sie es nicht gern hören, ich danke Ihnen und bin in Ihrer Schuld. Schlagen Sie mir meine Bitte nicht ab, die lautet: äußern Sie einen von mir erfüllbaren Wunsch und er wird sofort erfüllt.«

»Ich kann Ihnen, My-Lady, doch nichts abschlagen. Also wenn Sie darauf bestehen, mein Wunsch an Sie ist:
'Muten Sie mir niemals zu Ihren Rolls auf der Straße zu bewegen, dies für alle Zeiten'.« wohlwissend, dass My-Lady keinen Rolls hat.

»Das ist jawohl der Gipfel der Frechheit und Unverschämtheit. Ich habe in meinen Leben viel zu hören bekommen, aber das grenzt an Beleidigung, nein, ich korrigiere, das ist eine infame Beleidigung und ich hätte nicht übel Lust Sie fristlos zu feuern.« sagt My-Lady sehr erbost.

»Mir ist das aber vollkommen ernst My-Lady. Mein geäußerter Wunsch entspricht Ihren Bedingungen: er ist sofort erfüllbar. Wenn Sie als Wunsch an irgendetwas Materielles gedacht haben, muss ich sie enttäuschen, ich habe alles was ich brauche bei Ihnen.«

My-Lady brubbelt vor sich hin, »brubbel, brubbel, brubbel....« aber sie versteht dann. Das ist ja gerade das Schöne an der Beziehung zwischen My-Lady und d., man findet auch geistig immer wieder schnell zusammen. Der Zorn von My-Lady löst sich auf, sie lächelt wieder.

»O.K. dschi, verkaufen Sie den virtuellen Rolls. Dies ist ein dienstlicher Auftrag. Den Erlös stecken Sie in Ihre Tasche. BASTA.« und fährt fort:

»Ich hätte Lust auf ...«

d. unterbricht My-Lady und merkt erst zu spät seine Unhöflichkeit:

»Jetzt hier im Auto? Soll ich den nächsten Waldweg nehmen? Ich warne Sie My-Lady. Der Wagen ist zwar sehr bequem mit den Liegesitzen, aber dennoch eher zum Reisen gedacht.«

»Wenn Sie mich hätten ausreden lassen, hätte ich Ihnen sagen können, zu was ich jetzt Lust habe. Zu einem richtig schönen blow-job beim fahren.«

d. gerät leicht ins Schwitzen. Es fällt ihm sofort Bachmann's Roman 'Der Fluch' ein, wo ein solches Manöver tödlich endete, wenn auch nicht für die Insassen. d. erzählt My-Lady davon.

»Sie lesen zu viel King.«

»Da mögen Sie recht haben, aber die alten guten Leute wie Shaw, Hemmingway, Dürrenmatt, Grass, Buck und so weiter habe ich längst durch, und der King schreibt zum Teil recht gut.«

Aber My-Lady läßt sich nicht abhalten und nestelt schon an d.'s Hosenschlitz. Wo war denn noch der Hebel zur Verstellung des Lenkrades. Ach ja, d. hat ihn und stellt das Lenkrad in die oberste Position. Auch drosselt er die Fahrgeschwindigkeit von 210 km/h auf 60 km/h. Gemütlich und lustvoll fährt d. Weiter.

Leicht verspätet aber mit sauberen Wagen erreichen My-Lady und d. My-Lady's Anwesen und sofort ist die Party im Gange. Der Champagner fließt in Strömen und das Essen haben Berta und Luis wirklich gut hinbekommen.

Am nächsten Morgen, fast Mittag, beauftragt My-Lady d. Die Klinik zu veranlassen, dass ihr alle Untersuchungsergebnisse mitgeteilt werden, sprich d. fordert die Krankenblätter an. My-Lady hat sie Prof. Anders versprochen. Sie muss am letzten Abend noch mit ihm gesprochen haben.

Einige Tage später trifft auch die Rechnung von Prof. Anders ein. Er schein ein wirklich bescheidener Mann zu sein im Vergleich zu 'normalen' Honorarforderungen von Ärzten.

Erst nach zweifacher Anmahnung werden die Krankenblätter zugeschickt. Na wenigstens müssen sie nicht eingeklagt werden.

My-Lady schickt sie mit einem in diesem Hause unüblich gewordenen handgeschriebenen Dankschreiben an Prof. Anders und d. überweist per Online-Banking das geforderte Honorar.

Der Fehltritt des d.

Im Verlaufe der Jahre, die d. bei My-Lady und mit My-Lady verbringt, gibt es einen Frühling und Sommer, die extrem heiß und trocken waren.
Der Brunnen des Hauses von My-Lady ist schon seit eineinhalb Monaten versiegt.
d. roch schon etwas streng, My-Lady roch immer mehr nach My-Lady.
d. hat dann längst einen Wassertank aufstellen lassen, denn ab und zu *muss* mal geduscht, Geschirr gespült und Wäsche gewaschen werden.

Zu d.'s Angewohnheiten im Zusammenhang mit seinem Job gehört die Inspektion der verpachteten Ländereien.
Die Felder verdorren in diesem Jahr, nun ist schon seit fünf Monaten kein Regen mehr gefallen.
Auch wenn d. kein Landwirt ist, erkennt er doch, 'das wird ein schlechtes Jahr für My-Lady's Pächter'.
d. berichtet My-Lady von seiner Besichtigungsrundfahrt.
»dschi Sie sind wirklich kein Landwirt. Auch ohne stundenlanges herum fahren ist uns allen hier klar, wie der Anbau auf den Feldern aussieht. Sie sollten doch mittlerweile etwas verstanden haben, oder haben Sie als Rattowner immer noch nicht begriffen wozu Kühe gehalten werden, gibt es doch in jedem Supermarkt Milch in Tüten zu kaufen.«
»Sie unterschätzen mich bei weitem My-Lady, ich habe nur nicht begriffen wozu Milch gut sein soll, ist Milch doch nach Zwiebeln für den Menschen, außer Kleinkindern bis 7 Monaten, das zweit- unverträglichste 'Lebensmittel'.« kalauert d. herum.
»Milch ist gesund!« erwidert My-Lady.
»Aus der Sicht eines Toxikologen, und ich schließe mich dieser Argumentation an My-Lady, gibt es keine gesunden Stoffe, auch wenn Linus Pauling für seine Ansicht, Ascorbinsäure, im

Volksmund Vitamin C genannt, könnte man unbeschadet in jeder beliebigen Menge futtern, und dafür einen Nobelpreis erhält. Wir Toxikologen bemessen die Giftigkeit eines Stoffes in Dosen.«

My-Lady will Hosen verstehen. »dschi bitte, können Sie mir erklären, was Gift in Hosen zu suchen hat.«

»Dosen: Dosis im Plural.«

»Sie der Toxikologe dschi?«

»Ja ich der Toxikologe, leider kann ich mich jedoch nicht als Giftmischer bezeichnen dazu reichen meine biologischen und chemischen Kenntnisse nicht aus.«

Diese Diskussion wird in hohem geistigen wissenschaftlichen Niveau weitergeführt, bis d. die Debatte mit der Bemerkung beenden will:

»Bier ist das gesündeste Nahrungsmittel!, da Bier alles enthält, was der Mensch braucht!«

»Auch den Alkohol, Ethanol oder C2H5OH wie Sie dazu sagen würden?«

»Ethanol hat, schauen Sie ruhig in Nährwerttabellen nach, von allen vom Menschen verdaulichen Substanzen, fast den größten Nährwert, er ist leicht verdaulich und liegt nicht so schwer im Magen wie Ölsardinen.
Leider hat er aber auch eine 'hohe' Giftigkeit, so dass Bier nur in kleinen Dosen genossen werden sollte.«

My-Lady bemerkt selbstverständlich sofort das Wortspiel des d. über die Doppeldeutigkeit des Wortes Dosen.

»Wie viele Dosen haben Sie denn heute schon getrunken?«

»Keine My-Lady, wir trinken vorwiegend Rotwein aus Flaschen, Dosenbier und Rotwein als Mixtur verträgt auch mein so robuster Magen nicht, so jung wie ich aussehe und wie Sie manchmal glauben oder möchten bin ich nicht mehr. Daneben hat Alkohol in Maßen genossen eine beruhigende Wirkung, was man nicht unterschätzen soll, denn Stress ist auch nicht gerade gesundheitsfördernd und kann zu schweren organischen

114

Schäden wie Magengeschwüren und anderen Leiden führen.«

»Sie hier im Stress dschi?« staunt My-Lady. »Sie stehen hier doch wirklich nichts aus. Das bisschen Muskelkater nach dem bisschen Bumsen 5-mal die Woche, kann Sie doch nicht Umwerfen. So weich können selbst Sie als Altrattowner nicht sein in Ihrer Nachrattownzeit.«

»Also wirklich My-Lady, ich habe nicht behauptet, dass *ich* mich *hier* gestresst fühle, genau das Gegenteil ist richtig. Sie My-Lady in erster Priorität und die Ruhe hier ist exakt das, was mir hier so sehr gefällt. Wir trinken doch mal ein Fläschchen Wein wie jetzt beim smalltalk, weil es schmeckt, entspannt und vorbereitet. Wenn Sie glauben, dass ich von dem bisschen Bumsen Muskelkater bekomme, unterschätzen Sie meine Kondition ein wenig. Ich bin in dieser Sache voll im Training und stelle mich jeder Wettkampfbedingung. Sportlich ist: der Bessere soll gewinnen, ohne jedes Ansehen.«

»Wieder das letzte Wort dschi?« Das war das letzte Wort in dieser Sache.

d. schweigt hierzu und grinst innerlich intelligent und äußerlich dämlich, er erinnert sich noch zu gerne an die endlos Debatte über 'das letzte Wort', Wiederholungen werden aber langweilig. d. hat seit jener Nacht immer My-Lady das letzte Wort überlassen.

d. nimmt das für ihn ernste Gespräch über den Zustand der Felder, nach dieser Abschweifung, wieder auf.

»Kann man denn gegen diesen Zustand der offensichtlichen Missernte nichts unternehmen?«

»NICHTS!«

»Sind Sie ganz sicher My-Lady?«

»JA!«

»Ich nicht!,« entgegnet d. »ich werde mich darum kümmern.«

»Kümmern Sie sich darum dschi. Bevor Sie in dieser Angelegenheit irgendetwas veranlassen unterrichten Sie mich. Dies ist ein dienstlicher Befehl, ebenso dienstlich ist, wir gehen jetzt auf mein Zimmer zwecks meiner physischen Befriedigung gemäß Vertrag.«

Diesem Befehl kommt d. selbstverständlich ohne jede Einwendung nach, und My-Lady möchte es diesmal als Herrenreiterin betreiben. d. ist hocherfreut, ist diese Stellung doch so schön bequem für ihn. Kissen her und 'nunlos', wie d. das nennt. Offenbar will My-Lady d. einen Muskelkater ersparen.

Nachdem My-Lady nach getaner Arbeit eingeschlafen ist, geht d. in sein Privatbüro, lümmelt sich in seinem Bürosessel rum mit den Füßen auf dem Schreibtisch wie sich das stilvoll gehört und wartet auf eine Inspiration. Nichts kommt. Er vergibt einen Suchauftrag an sein Kleinhirn, um seine Gedanken für ein Brainstorming frei zu schalten.

"Wasser muss her ist das Problem. H_2O ist Wasser. Regen wäre ideal, ist aber zu einfach. Für negatives Woodstock sind wir zu wenig Leute. Troubadix, notfalls auf einem Teppich einfliegen, doch Troubadix lebt längst nicht mehr."

d. reiß dich zusammen ermahnt er sich.

Das Problem ist: Wasser muss her.

d.'s Kleinhirn meldet sich:

'Nur künstliche Bewässerung kommt in Frage; Brunnen, Fluss, Bach, See, Tankwagen. Doch Wirtschaftlichkeit muss gewährleistet sein!' meldet d.'s Kleinhirn an d.'s Bewusstsein. Es geht doch noch immer.

'Das ist zu platt Kleinhirn, das weiß ich längst: weitersuchen' vergibt d. einen weiteren Job an sein Kleinhirn.

Zehn Jahre später muss d. feststellen, dass die bewusste Vergabe an Denkaufträge ins Unterbewusstsein mit einer Rückmeldung bei einer Erkenntnis ins Bewusstsein, nicht mehr funktioniert. d. hat dieses Verfahren mit unglaublichen Erfolgen praktiziert. Arbeiten beim Schlafen hat er das früher genannt.

d. bespricht sich am nächsten Tag mit My-Lady's Pächtern. Alle drei Pächter-Familien sitzen gelangweilt herum oder pusseln und werkeln ein wenig im oder an ihrem Haus.

»Nein dschi, eine künstliche Bewässerung ist praktisch ausgeschlossen. Dazu ist es viel zu spät. Jeder Liter Wasser versickert ungenutzt im Boden.« wird d. belehrt und d. wundert sich über deren Gelassenheit insbesondere verhehlen sie kaum, dass sie d. für bekloppt halten und wundern sich wie die Lady an einen solchen Typen geraten ist.

»Wenn die Saat fast reif ist zur Ernte, kann man erwägen in einer Dürreperiode die Ernte mit künstlicher Bewässerung zu retten. In diesem Jahr geht nichts.« muss d. sich anhören und wundert sich.

d. wundert sich auch über die Gelassenheit von My-Lady's Pächtern.

Ist nicht ihre Existenz bedroht?, denn soviel Kapital und Vermögen haben My-Lady's Pächter nicht um ein ganzes Jahr ohne jedes eigenes Einkommen zu überstehen.

d. versteht langsam, sehr langsam, die My-Lady's Pächtern vorliegende Problematik. Seine Geisteshaltung gepaart mit ein wenig Wissen, verleitet ihn immer wieder dazu, das Denkbare für realisierbar zu halten. Eine wohl begründete Haltung auf Grund des technologischen Fortschrittes, seines, des mächtigen zwanzigsten Jahrhunderts.

d.'s Kleinhirn meldet sich nicht wieder. Einige Tage später erkennt d. den Grund: Wo es keine Lösung für ein Problem gibt, kann auch sein Kleinhirn keine Lösung finden. Aus langjähriger Erfahrung weiß d., dass sein Kleinhirn niemals in sein Bewusstsein eine Meldung mit dem Inhalt "Problemlösung nicht gefunden" absetzt. d. weiß nichts darüber, was sein Kleinhirn längerfristig mit einem Auftrag anstellt, wenn es keine Lösung findet. Arbeitet das Kleinhirn immer weiter an dem Auftrag oder stellt es den vergebenen Job irgendwann selbsttätig ein? 'Ist die nachlassende geistige Potenz mit zunehmenden Alter eines Menschen eventuell auf eine Blockade des Kleinhirns zurückzuführen, weil es mit

Unsinnigkeiten bis zur Auslastungsgrenze beschäftigt ist?' sinniert d..

d. zieht sich in sein Privatbüro zurück. d. sucht langwierig Daten zusammen. Die mittlere Niederschlagsmenge, die für die Landwirtschaft optimale Niederschlagsmenge, die für die Landwirtschaft optimale Regenverteilung und andere Daten wie mittlere Temperaturen, die für die Landwirtschaft optimale Temperaturen und Temperaturverläufe.

d. rechnet, es ist als Mathematiker zwar nicht seine Disziplin, dennoch schafft er das mit zur Hilfenahme seiner Rechensysteme.

Die Ergebnisse liegen nach ein bisschen Programmierarbeit alsbald vor.

Das wichtigste Ergebnis ist, die nun einzubringende Wassermenge auf die Felder ist wohl wirklich nicht realisierbar.

Oder doch? d. gibt sich noch nicht geschlagen. Er holt Angebote ein über die Verlegung von Pipelines zum nächsten, drei km entferntem Gewässer, und Angebote über eine Wasseranlieferung mit Tankwagen.

Die Kosten der Wasserlieferungen liegen deutlich unter dem Ernteverlust.

»Sie sind rührend lieber dschi, richtig nett, doch in dieser Sache ein bisschen reichlich doof.« bemerkt My-Lady nachdem ihr Privatsekretär d. im üblichen abendlichen smalltalk in der Bibliothek ihr von seinen Tätigkeiten in Fragen der Bewässerung unterrichtet hat.

»Werfen Sie Ihre Denkkiste an, bis spätestens morgen früh um neun Uhr verlange ich, dass Sie Ihren Denkfehler erkennen. Sonst dürfen sie sich als fristlos gefeuert fühlen, wegen völliger Unfähigkeit! Idioten kann ich hier nicht gebrauchen.«

d. benötigt aber nur 2 Sekunden bis er erkennt und hoffentlich versteht, er hat nur einen kleinen Denkanstoß gebraucht, und antwortet:

»Sie My-Lady und Ihre Pächter haben vollkommen recht, eine künstliche Bewässerung ist wirklich nicht sinnvoll, da wir den Monat August zu fassen haben und nicht den Monat April.«

»Endlich haben Sie das begriffen dschi.« seufzt My-Lady, »Rattowner haben nur noch wenig Bezug zu *natürlichen* Gegebenheiten. Die *natürlichen* Verläufe lassen sich nicht aufhalten, allenfalls ein wenig im Sinne menschlicher Bedürfnisse vom Menschen beeinflussen. dschi, Sie enttäuschen mich, Sie wissen doch geistig um diese Zusammenhänge!«

My-Lady hatte sich längst mit ihren Pächtern abgesprochen. Somit begegnet jeder, den d. auf My-Lady's Anwesen trifft ihm mit einem nicht zu übersehenden Grinsen.

Als Gegenwehr besorgt d. sich eine noch dunklere Brille als er sie zu tragen gewohnt ist und spielt Gantenbein. Niemand nimmt d. etwas übel, nur sein Image ist doch deutlich gesunken.

Die Vergewaltigung

Eines Abends sitzen My-Lady und d. mal wieder in der Bibliothek bei einem Glas Wein und lustigem smalltalk.

Völlig unerwartet für d. sagt My-Lady:

»Vergewaltigen Sie mich dschi, jetzt auf der Stelle.«

d. ist mal wieder der geistigen Herausforderung zunächst nicht gewachsen, und stammelt blöd:

»Was soll ich tun, habe ich richtig gehört, ich soll Sie vergewaltigen?«

»Ja! Ja! Ja! Ja! Jetzt und sofort!«

Etwas perplex entgegnet d.:

»Das geht nun wirklich zu weit, dazu bin ich nicht in der Lage.«

»Weichei!«

»Da kann ich mich Ihrer Argumentation nun wirklich nicht anschließen, My-Lady. Zunächst einmal geht so etwas, was Sie vorschlagen, logisch nicht. Eine Vergewaltigung ist per Definition ein mit Gewalt *erzwungener* Geschlechtsverkehr *gegen* den Willen der Frau! Daher ist Ihr Ansinnen, diesmal im Einklang mit Gesetzen, niemals eine Vergewaltigung. Allenfalls ein brutaler Geschlechtsakt. Auch dazu bin ich nicht bereit My-Lady. Ich gehöre nicht zur Sado-Maso-Szene, ohne mich über diejenigen, die es praktizieren, mokieren zu wollen.«

»Sogar...« d. unterbricht My-Lady abrupt, ganz entgegen seines sonstigen Verhaltens.

»Ich möchte Sie bitten mir einige Minuten Bedenkzeit einzuräumen, um dahinter zu kommen, was Sie eigentlich meinen. Silentium!«

d. benötigt circa vier Minuten Denkarbeit, bis er My-Lady das Ergebnis seiner Denkarbeit mitteilt:

»Sie möchten eine Vergewaltigung erleben....«

»Richtig dschi.«

»Diesmal haben Sie mich in meinem Satz unterbrochen, zu Ihrer ebenen Bemerkung benötige ich wirklich nicht vier

Minuten Denkarbeit. Aber Ihr Motiv zu ergründen, ist nicht einfach.

Eine Vergewaltigung wird, über alles was ich gelesen und eventuell verstanden habe, praktisch immer als, gelinde gesagt unangenehm von der Vergewaltigten empfunden, bis hin zur Zerstörung einer Persönlichkeit. Das soll ich Ihnen antun.

Niemals!

Sie möchten dieses Erlebnis einer Vergewaltigung, eventuell mit Risiken. Ich kann mir nur denken, dass Sie, My-Lady, aus so einer Erfahrung Nutzen für Ihre künstlerische Arbeiten ziehen wollen, ich vermute Sie nennen das Inspiration.«

»Sie haben den Kern erkannt, verraten Sie mir, wie Sie dahin gekommen sind.« sagt My-Lady.

»Das ist letztlich recht einfach. Ich kenne diese albernen 'Multible-Choice-Prüfungen'. Jede Prüfung kann von jedem bestanden werden, wenn der Prüfling der Strategie des Ausschließen nachgeht, mit oder ohne jede Sachkenntnis des Prüfungsinhaltes.

Zu meiner Ansicht bin ich, wohl bemerkt ohne jeden Beweis, gelangt, in dem ich zunächst einmal eine Reihe denkbare Möglichkeiten erwäge, und diese Möglichkeiten mit Gründen so lange ausschließe bis letztlich eine Möglichkeit übrig bleibt. Wenn sie unzutreffend ist, müssen weitere Möglichkeiten erwogen und geprüft werden.«

»Diese Methode, von Ihnen Strategie genannt, scheint wirklich nicht ganz ohne zu sein.« erkennt My-Lady an.

My-Lady und d. erörtern nun stundenlang, warum d. My-Lady die Erfahrung einer Vergewaltigung nicht vermitteln kann, ganz davon abgesehen, dass d. My-Lady diese Erfahrung auch nicht vermitteln will.

My-Lady lässt sich aber von ihrem Vorhaben nicht abbringen. My-Lady und d. hecken nun einen Plan einer inszenierten, provozierten Vergewaltigung aus, wohl wissend, dass der Erfahrungswert Fuzzy-logisch eventuell nur bei 0.9 anzusiedeln ist, aber das ist doch deutlich 'besser' als gar nichts, sprich 0.0.

Am nächsten Tag macht d. sich in die nächst gelegene Stadt mit mehr als 100.000 Einwohnern auf, um für My-Lady Utensilien für Ihren Auftritt zu besorgen. d. sucht erst einmal eine Boutique und findet in der City eine, die ganz vielversprechend für seine Einkäufe aussieht. Wenigstens steht an der Tür kein Schild ' Zutritt nur für Frauen' oder Ähnliches. d. setzt seine dunkelste Porschebrille auf und tritt ein. Eine ein bisschen reichlich auf- getakelte Verkäuferin wackelt in ihren Pumps auf d. zu und fragt nach seinen Wünschen. Sie macht es d. sehr leicht.

»Ich brauche so etwas in der Art wie Sie anhaben,« sagt d. »einen schön knackig engen Stretchrock, Größe 40, Farbe schwarz. Er darf ruhig noch ein bisschen kürzer sein, als der, den Sie tragen.«

Etwas verblüfft ist die Verkäuferin schon, das ist ihr anzusehen. Sie führt d. in die Rockabteilung und gemeinsam werden sie alsbald fündig.

»Kann ich sonst noch etwas für Sie tun?« fragt die Verkäuferin.

»O, ja,« sagt d., was die Verkäuferin völlig missversteht, d. lässt sich aber nicht beirren, »ein richtig sexy Oberteil, vermutlich nennt man so etwas heutzutage Top, sollte es schon noch sein.«

Die Verkäuferin wechselt mit d. im Schlepptau die Abteilung. d. entscheidet sich für ein pinkfarbenes Top, aber nicht ganz so knapp wie der Rock, denn My-Lady ist nun wirklich kein Teenager mehr. Auch Strumpfhosen kauft d., schwarze Netz-strumpfhosen mit Naht, er nimmt gleich drei.

Dessous führt diese Boutique leider nicht. d. lässt sich von der immer noch leicht irritierten Verkäuferin Läden nennen, ebenso für Kosmetika.

d. zahlt seine Einkäufe bar aus My-Lady's Schwarzkasse, wundert sich wirklich über die Preise, bedankt sich für die Beratung, und steckt noch einen Zwanziger in die Kaffeekasse.

Die Dessous einzukaufen ging recht schnell, da dieser Laden offenbar an männliche Kunden gewohnt ist. Nur bei der Benennung der BH-Größe musste d. seine Hände zur Hilfe nehmen. d. fühlt sich nun großartig. In dem Kosmetikladen geht er an den Verkaufstresen und verlangt einen Tuschkasten, aber bitte die kleinste Ausführung. d. kauft Wimperntusche, Lidschattenfarben, Lippenstifte, Nagellacke, Rouge und so weiter, alles schön grell, 'alles so schön bunt hier' gemäß Nina Hagen, er nimmt noch Haarfärbemittel in kastanienbraun mit und eine Flasche Haarlack.

Der Einkauf von Schuhen ist d. nur schwer gelungen. Alle Schuhläden sahen sich nicht in der Lage die mitgebrachten Schuhe auszumessen und danach ein Paar verbindlich passende Schuhe mit deutlich höherem Absatz anzubieten.

d. kauft trotzdem ein Paar Schuhe in My-Lady's Größe mit 7 cm hohem Absatz, das zumindest nicht *ganz* unbequem aussieht.

Nun aber zurück, spricht d. zu sich selbst und erreicht unter seiner üblichen Ignorierung jeder außer städtischen Geschwindigkeitsbeschränkung nach neunzig Minuten wieder My-Lady's Anwesen.

Noch an diesem Abend probiert My-Lady die neue Garderobe an.

»Sieht ja richtig sexy aus, steht Ihnen wirklich gut My-Lady, ich denke unser Plan könnte funktionieren.« bemerkt d., obwohl er My-Lady ansieht, dass sie sich in den Klamotten (noch) nicht so richtig wohl fühlt.

Die nächsten Tage vergehen mit Vorbereitungen und Proben für den Auftritt. Bertha verpasst My-Lady eine witzige Frisur, My-Lady läuft die neuen Schuhe ein, und übt aufreizendes Powackeln. In zwei Tagen soll der erste Versuch zur Umsetzung des Plans in Realität gestartet werden.

Der Plan sieht folgendes vor:

My-Lady betätigt sich mit dem aufreizenden Outfit als Tramperin, und hofft von einem ihr völlig unsympathischen Macho-Fahrer, möglichst YY-Typ, mitgenommen zu werden um ihn extrem aufzugeilen, und sich dann völlig zu verweigern, in der Hoffnung, dass der dann zu My-Lady's Ziel, einer Vergewaltigung schreitet.

An dem Tag, an dem der erste Versuch unternommen werden soll, richtet sich My-Lady mit Hilfe von Bertha her:
Haare färben, Haarlack rein, Finger- und Fußnägel lackieren, eine Flasche Parfüm auf Körper und Kleidung verteilen, und was alles so dazu gehört. Als die beiden Damen nach dreistündiger Action fertig sind, und sich My-Lady Luis und d. zeigt, heben beide leicht die Augenbrauen. Luis ist in den Plan nicht eingeweiht, er versteht diese Welt nicht mehr. d. findet die Damen haben etwas übertrieben, My-Lady sieht nicht nur wirklich sexy, sondern schon leicht nuttig aus.
d. steckt My-Lady noch einen Gegenstand zu, der als Waffe nur schwer erkennbar ist, aber von d. in zweitägiger Arbeit als effektive Verteidigungswaffe präpariert wurde.
Eine Puderdose versehen mit einer rasiermesserscharfen Kante hat er gefertigt.
Auch d. hat Utensilien zusammengesucht, die er als Waffen einsetzen kann, und sein nachttauglicher Feldstecher liegt längst im BMW, und der Wagen ist randvoll aufgetankt.

Um 15:00 Uhr verlassen My-Lady und d. das Anwesen und fahren in Richtung der nächsten Stadt. d. ganz in schwarzem Leder gekleidet.
Der Plan sieht vor, dass d. My-Lady an der Ausfallstraße der Stadt absetzt damit sie mit dem Trampen beginnen kann.
»Wozu haben Sie denn den Feldstecher im Wagen?« fragt My-Lady.
»Auch wenn wir bislang nicht darüber gesprochen haben, ich

gedenke mich als Spanner zu betätigen, ich werde Sie keinen Augenblick aus den Augen verlieren. Sie sind mir viel zu wertvoll.«

»Finden Sie das notwendig dschi?«

»Dringend notwendig My-Lady. Zum einen gedenke ich Sie zurückzufahren und nicht irgendwo allein lädiert auf der Straße zurück zu lassen. Zum anderen gedenke ich sehr wohl einzugreifen, wenn ich den Eindruck gewinne, dass Sie in ernste Gefahr geraten. Auch ich habe mich hinreichend bewaffnet. Denken Sie daran, nur sehr wenige Fahrzeuge können mich abhängen, eventuell Porsche oder Maserati, wir haben einen der schnellsten Wagen und ich bin bereit und in der Lage, unseren Wagen bis 250 km/h zu fahren.«

My-Lady schweigt sich aus.

»Es bleibt hoffentlich bei unserer Abmachung My-Lady:

Sie lassen sich nur von einem Wagen mit Insasse nur ein Mann mitnehmen!

Insassen: ein Mann und eine Frau, eventuell Kinder dabei, ist für Sie nicht interessant: Zeitverplemperei. Insassen: mehrere Männer: ist zu gefährlich.«

My-Lady schweigt sich aus.

»Denken Sie noch einmal daran, was wir besprochen haben. Sie werden sich mit bis zu vier reisenden, Anhaltermitnahmewilligen Typen auseinandersetzen müssen.

Weichei: der einfach nur freundlich ist.

Mittelei weich: der es schon gern mit Ihnen treiben möchte.

Mittelei hart: der es schon gern mit Ihnen treiben möchte eventuell sogar gegen Bezahlung, aber vor totaler Gewalt zurückschreckt.

Hartei: der es unbedingt mit Ihnen treiben will und vor keiner Gewalt zurückschreckt.

Nur Hartei ist Ihr Fall! Von allen anderen lassen Sie sich sobald als möglich wieder absetzen. Das ist nur Zeitverplemperei.«

»Das haben wir doch alles ausführlich besprochen d.. Jetzt tun

Sie so als ob Sie mit einem Kind sprechen und wiederholen sich laufend.« sagt My-Lady leicht erbost, »Sei artig und brav und mach keine Dummheiten...«

My-Lady und d. erreichen eine Kreuzung die ihnen für den Beginn der Aktion geeignet scheint. d. hält kurz hinter der Kreuzung und lässt My-Lady aussteigen.
'Was soll ich nun sagen?' denkt d. 'Viel Glück!', 'Viel Erfolg!', 'Mast und Schotbruch!'? d. entschließt sich zu:
»Alles Gute My-Lady.« mit einem kleinen Küsschen ohne das aufwendige Make-up zu zerstören.
d. fährt die Straße weiter bis er zu einem Punkt kommt, von dem er My-Lady gerade noch sehen kann und langt zu seinem Fernglas. Schon der fünfte Wagen hält auf My-Lady's Daumen-Zeichen, aber My-Lady winkt weiter. Nach einer viertel Stunde steigt My-Lady in einen Mittelklassewagen und d. kann eine Person im Wagen erkennen. Auf geht's! d. lässt den Wagen an sich vorbeifahren. In gebührendem Abstand folgt d. dem Wagen, dessen Nummer vom Nummernschild er längst notiert hat. Nach circa 30 km steigt My-Lady wieder aus und d. hält an. Kaum hat d. den Motor abgestellt, wird My-Lady schon wieder mitgenommen, und d. folgt dem Wagen und sie verlässt den Wagen irgendwann wieder.
Das Spielchen geht weiter, My-Lady findet immer schnell eine Mitfahrgelegenheit, steigt aber unverrichteter Dinge wieder aus. Nach der sechsten Mitnahme an diesem Tag gegen Mitternacht, prescht d. vor und hält neben dem ausgestreckten Daumen von My-Lady.
»Feierabend.« ruft d. und lässt My-Lady einsteigen, denn der Rückweg ist immerhin etwa 300 km.
»Kein Hartei dabei gewesen?«.
»Kein Hartei dabei gewesen!« erwidert My-Lady einsilbig.
»Morgen ist auch noch ein Tag, wir werden das schon noch schaffen.« sagt d. zuversichtlich.

»Ich bin heute nur bis 'Mittelei hart' gekommen sagt sie und plaudert auf der Rückfahrt ein bisschen von ihren Erfahrungen.

Neuer Tag, neues 'Glück'. Am Nachmittag setzen My-Lady und d. das gestern begonnene Spiel fort. Der Tag verläuft ähnlich dem gestrigen bis zur Abenddämmerung so gegen 21:30 Uhr. Aber dann scheint My-Lady ihr Hartei gefunden zu haben. Ihr Wagen biegt mit deutlich überhöhter Geschwindigkeit in eine Nebenstraße ein und von dort in einen Waldweg. d. folgt mit ausgeschalteten Scheinwerfern bis zum Waldweg und stellt den Wagen ab und bewaffnet sich. Er bekommt gerade noch mit, wie erst eine dann noch eine Wagentür aufgeht und pirscht sich näher. Schon macht der Kerl sich über My-Lady her und gerade zimperlich geht er nicht mit ihr um. Zu gerne hätte d. ihm jetzt den Schädel eingeschlagen, aber er darf ja nicht in My-Lady's Interesse. Als dieser Kerl endlich fertig war, wenigstens hat das nicht länger als drei Minuten gedauert, gewinnt d. den Eindruck, dass der Typ My-Lady erwürgen will. d. überrascht ihn und hält ihm so etwas wie einen Revolver ins Genick.
»Aufstehen und ganz langsam zum Wagen gehen« befiehlt d. »Bei jeder mir nicht passenden Bewegung schieße ich sofort!«
»Ist schon O.K. Mann.« sagt der Kerl. d. ist auf der Hut, aber der Kerl ist wirklich auf dem Rückzug. Als er abfährt verpasst d. ihm eine Beule in der Tür, aber der Typ zieht es vor so schnell wie möglich zu verschwinden, als sich mit d.'s Revolver einzulassen.
d. hilft My-Lady auf und stützt sie bis zum Wagen, dann verfrachtet er sie auf den Rücksitz, und bemerkt die Puderdose in ihrer Hand.
'Habe ich My-Lady nun um den letzten Spaß gebracht?' denkt d. und macht sich auf den diesmal 360 km langen Rückweg zu My-Lady's Anwesen. An der ersten Raststätte hält d. und besorgt My-Lady einen ordentlich starken Kaffee, den er auf die Hälfte mit Cognac verdünnt.

Die Fahrt verläuft völlig schweigsam bis auf:

»Wo haben Sie denn den Revolver her?«

»Das ist kein echter Revolver My-Lady, aber mein scharfgeschliffenes Jagdmesser in meiner anderen Hand war echt, und verlassen Sie sich darauf, ich hätte es liebend gern benutzt.«

Über diesen Vorfall wurde niemals wieder gesprochen. My-Lady zieht sich in ihr Atelier zurück und ward wochenlang nicht mehr gesehen. Aber mit der Zeit verläuft das Leben wieder in den gewohnten, geregelten Bahnen, das Diner wird wieder gemeinsam zelebriert, smalltalk in der Bibliothek abgehalten und auch der Geschlechts- verkehr wird wieder aufgenommen. Doch My-Lady ist ein wenig verschlossener als früher geworden.

Ein viertel Jahr später darf d. die entstandenen Bilder besichtigen. Er versteht sie nicht, empfindet sie aber als äußerst aggressiv, in Farben und Gestaltung und bemerkt zu My-Lady, dass er stark von ihrem neuen Stil beeindruckt ist.

Luis scheidet aus?

Als Luis 65 Jahre alt wird gab es auf dem Anwesen von My-Lady eine richtig schöne ausgelassene Party, Luis geht in Rente, alle beneiden ihn. (Wer eigentlich?) Die Party richten My-Lady und d. aus, mit allem Drum und Dran, bis zur obligatorischen goldenen Uhr, und ein extra von d. geschaffenes großes Verdienstkreuz, auf allerbestem handgeschöpften Gold- Papier.

My-Lady bemerkt zu Luis irgendwann an diesem Abend launig: »Das war's dann Luis.«

Diese Bemerkung scheint Luis vollkommen miss zu verstehen und löst etwas aus.

Zwei Stunden nach Beendigung der Party gegen 3 Uhr morgens, d. sitzt noch in seinem Arbeitszimmer an seinem Rechner, sieht er eine Gestalt, schwer bepackt mit zwei Koffern auf dem Hof, die sie in Richtung Straße trägt.

Luis.

d. geht auf ihn zu.

»Hi Luis, wo wollen Sie denn um diese Zeit mit den beiden Koffern hin?«

»Die Lady hat mich doch gerade rausgeworfen Sir, da dachte ich mir je schneller ich hier verschwinde, umso besser.«

»Also wirklich Luis, Sie wollen sich nun mit allen Ihren Sachen in zwei Koffern, die Sie kaum tragen können, klamm heimlich um 3 Uhr morgens zu Fuß von hier auf den Weg zur nächsten, 30 km entfernten, Stadt machen? Sie spinnen Luis!«

»Sir! Ich muss Sie bitten. Dies ist ein Sprachgebrauch den ich nicht tolerieren kann! Auch von Ihnen nicht, Sir.«

»Sie spinnen Luis! Zurück ins Haus! Sie wissen sehr genau, dass ich auch recht grob werden kann, wenn es mir angemessen scheint. Und nun werde ich grob. Zurück ins Haus Luis und immer schön an die rechte Kniescheibe denken Luis, mein Baseballschläger ist in Reichweite! Ihr Verhalten hat unsere Lady wirklich nicht verdient!«

d. muss Luis fast ins Haus zurück prügeln, was er tun würde, wenn Luis sich geweigert hätte zurückzugehen. Er trägt aber die Koffer zurück.

»Sie bleiben wo sie sind Luis!«

d. geht zu My-Lady's Zimmer, und klopft leicht an die Tür.

»Kommen Sie herein dschi.«

»Pardon My-Lady dass ich Sie um diese Zeit stören muss. Mit Luis gibt es ein kleines Problem.«

»Irgendetwas habe ich schon mitbekommen, deswegen schlafe ich noch nicht, um was geht es genauer?«

d. schildert kurz den Vorfall.

»Luis spinnt!« sagt My-Lady.

»Das habe ich ihm auch gesagt, er lehnt aber diesen Sprachgebrauch ab. Na Sie kennen ja Luis. Etikette über alles.«

»Luis hat recht, Sie, dschi haben recht, anberaumen Sie eine sofortige Besprechung in der Bibliothek mit Luis. Unter uns dschi, notfalls prügeln Sie ihn mit ihrem Baseballschläger dahin. Weichei. Ich ziehe mir nur etwas an und komme dann runter.«

'Wieso schon wieder Weichei' sinniert d. vor sich hin, nimmt es aber My-Lady nicht übel.

»Luis, die Lady möchte Sie sofort in der Bibliothek sprechen. Denken Sie daran, dass Sie für diesen Monat, der noch nicht abgelaufen ist, Ihr Gehalt bekommen haben.«

d. nötigt Luis in die Bibliothek. Nach nur fünf Minuten erscheint My-Lady topfit hergerichtet in einem klassischen Kostüm. 'Wo My-Lady das nun wieder so schnell ausgegraben hat.' denkt d..

In scharfem schneidendem Ton, My-Lady kann das, sagt My-Lady:

»Luis, Sie wollen uns verlassen? Das können Sie jederzeit tun. Unser Arbeitsvertrag endet mit Ablauf dieses Monats, bis dahin haben Sie Ihre Verpflichtungen zu erfüllen. Sollten Sie das nicht tun, werden meine Regressansprüche gegen Sie gewaltig.

Meine umfangreiche Rosenkultur braucht Pflege.« droht My-Lady und steigert sich im scharfen Ton zur Einschüchterung. d. setzt wieder sein inneres Grinsen auf, zeigt aber keine äußerliche Regung, das hat er von Luis gelernt.

Ganz sanft spricht My-Lady nun zu Luis:

»Dies ist doch Ihr Zuhause Luis, seit über dreißig Jahren leben und arbeiten Sie hier. Alles was ich möchte ist doch nur, dass Sie sich zur Ruhe setzen. Sie leben nun von Ihrer Rente, und sind von allen Pflichten entbunden. Das bedeutet doch nicht, dass Sie hier keine Rechte mehr haben. Der gültige Vertrag mit Ihnen weist eindeutig aus, dass Sie lebenslanges Wohnrecht haben, im Gegensatz zu dschi« Den letzen Nebensatz bemerkt My-Lady in Anwesenheit von d. und Blick zu ihm recht spitz.

»Also Luis, Sie können uns selbstverständlich jederzeit verlassen, aber doch bitte nicht auf die Art wie heute Nacht. Das ist eine Beleidigung, die ich nicht verdient habe. Wenn Sie uns verlassen wollen, was Ihnen selbstverständlich frei steht, werde ich oder dschi Sie mit meinen Fahrzeugen hinbringen wo immer Sie hin wollen.« nun ganz weich:

»Luis, bleiben Sie hier, idealer kann es für Sie doch kaum sein. Sie haben nur noch Rechte hier und keinerlei Pflichten, und können tun und lassen was immer Sie wollen. Und wenn ich zu Ihnen sage 'Die Rosen brauchen aber Wasser', können Sie einfach antworten 'Leck mich mit Deinen bescheuerten blöden Rosen am Arsch', "dusselige Kuh" können Sie sich sparen.«

»Lady, ich bin über Ihre exaltierte Ausdrucksweise wirklich erstaunt. Eine private Bemerkung gestatte ich mir als Ihr langjähriger und nun nicht mehr Angestellter: Haben Sie diese sehr vulgäre ordinäre Ausdrucksweise von Sir dschi aus Rattown gelernt?«

»Nein, Lesen bildet. Sie dürfen selbstverständlich alle meine Bücher in diesem Raum zur Hand nehmen, das haben Sie immer gedurft, aber Sie haben nur wenig Gebrauch davon gemacht.

Ich habe mich dschi, Sir dschi, wie Sie sagen, nur insoweit angeschlossen, dass ich mich seiner Splatterpunk-Auffassung: keine behindernden sprachlichen Tabus mehr, anschließe. Ausdruck in Stil und Sprache wird der Sachlage angepasst.«

»So, so, my Lady, um das zu verstehen da zu bin ich als Rentner wohl zu alt.« bemerkt Luis mit einem leichten für ihn angemessenem Kopfschütteln.

»dschi, Sie kommen doch noch zu mir hoch, eine kleine Streicheleinheit könnte ich nach *so* einem Abend gut vertragen.«

In dieser Nacht bleibt es beim Kuscheln und Rumschmusen, bis My-Lady und d. einschlafen und erst gegen dreizehn Uhr gemeinsam wieder aufwachen.

Luis ist noch im Hause und geht mit Denkermiene seinen üblichen Tätigkeiten nach.

»Hi Luis, alles klar? Lesen Sie doch mal die Klassiker, Sie werden sich wundern.« bemerkt d. fröhlich doch mit respektvollem Tonfall als ob nichts gewesen wäre.

»Sir!«

Das Ende

Nun schon siebzehn Jahre lebt d. bei und mit My-Lady. d. sagt zu My-Lady eines Abends bei einem Glas Wein in der Bibliothek:

»Sie sehen richtig gut aus My-Lady, aber Sie sehen auch richtig schlecht und elend aus. Seit Tagen schon bemerke ich eine deutlich sichtbare Verschlechterung in Ihrem Aussehen. Sie sind doch krank. Das ist nicht übersehbar.«

»Sie sind ein scharfer Beobachter dschi. Sie haben völlig recht. Nur diesmal ist keinerlei Hilfe möglich, ich bin todkrank und werde innerhalb der nächsten drei Wochen sterben.«

»Wie lässig Sie mir dies mitteilen.«

»Ja dschi, ich bin unheilbar krank und habe mich damit abgefunden und beschließe nun mein Leben. Dass ich unheilbar krank bin, habe ich auch erst vor drei Tagen herausgefunden. Seien Sie mir nicht böse, dass ich Ihnen bislang nichts gesagt habe, aber die letzten drei Tage habe ich wirklich *komplett* für mich benötigt.«

»Sie sind eine exzellente Schauspielerin My-Lady. Dass Sie sich in Ihrer Lage haben nichts anmerken lassen, ist bewundernswert. Ich habe keine Depression oder ein seelisches Tief oder eine Niedergeschlagenheit bei Ihnen bemerkt. Sie haben schon recht, ich beobachte recht scharf und Veränderungen in jeder Weise bemerke ich sofort.«

»Ich habe mich auch wirklich zusammenreißen müssen dschi, aber geheult habe ich trotzdem nicht. Sie kennen doch meine Auffassung von Leben und Sterben. Irgendwann ist das Leben zu Ende, da muss man doch wirklich nicht großes Geschrei machen. Sie denken doch genauso dschi.«

»An was sind Sie denn erkrankt My-Lady und wie sind Sie zu einer Diagnose gelangt? Sie waren doch bei keinem Arzt.«

»Ärzte dschi?! Den Fachnamen dieser seltenen Erkrankung habe ich schon wieder vergessen, Sie werden in meinem Atelier irgendwo irgendwann eine Notiz finden.

Selbstverständlich habe ich nicht die Wirkung der Erkrankung vergessen. Mein gesamtes Verdauungssystem ist endgültig ausgefallen, das heißt ich ernähre mich nun ausschließlich von mir selbst, und diese Kapazität ist begrenzt. Dies werden Sie als Naturwissenschaftler sofort verstehen. Ich werde schlicht und einfach verhungern.«

'Du bist ein richtiges Ekel d., da hat My-Lady völlig recht', denkt d. vor sich hin, 'wieso fällt dir jetzt Stephen King's "Survivor Type" ein?'.

»Ihre Stärke ist wirklich bewundernswert My-Lady. Deswegen behaupte ich: Ich bin Ihr größter Fan.

Sie, My-Lady, mögen mich für den größten Spinner aller Zeiten halten, aber eine künstliche Ernährung sollte doch möglich sein.« entgegnet d. und kann sich mit der gegebenen Situation noch nicht ganz abfinden.

»Sie haben recht dschi, es ist möglich mein Leben mit einer künstlichen Ernährung um eine ungewisse Zeit zu verlängern. Was soll dieser Unsinn! Soll ich vielleicht acht Monate im Krankenhaus liegen angeschlossen an einem Tropf mit Beruhi.-gungsmitteln, im halb komatösen Zustand? Nein Danke! Für solchen Unsinn soll ich auch noch bezahlen.«

Der geistige Einklang zwischen My-Lady und d. ist wiederhergestellt, da d. sich in der Situation von My-Lady nicht anders verhalten würde. My-Lady weiß das, da sie d.'s Auffassungen über 'Sein oder Nichtsein' kennt.

»Die letzten drei Tagen habe ich intensiv über mein Leben nachgedacht. Alles in Allem bin ich ganz zufrieden mit dem Verlauf meines Lebens.«

»Erzählen Sie doch ein bisschen von sich wenn Sie möchten. Ich lebe nun mehr als siebzehn Jahre hier, weiß aber über Sie wirklich wenig.

Sie sind schön, charmant, liebenswert, intelligent, Frau, unabhängig in jeder Beziehung und äußerst introvertiert, weit mehr als ich.«

»Ich werde Ihnen schon noch ein bisschen von mir erzählen, aber nicht heute Abend. Wir werden in den nächsten Tagen etwas arbeiten müssen und ich schlage vor, wir fangen morgen früh um zehn Uhr in der Bibliothek damit an.«

»Sicherlich haben wir das Eine und Andere zu besprechen. Ich kann mir kaum vorstellen, dass wir dazu Tage benötigen, denn als Ihr Privatsekretär und Verwalter Ihres Anwesens kenne ich die Verhältnisse sehr genau, und en Detail weit besser als Sie. Das ist mein Job hier, den Kleinkram für Sie zu erschlagen. Wir treffen uns morgen um zehn in der Bibliothek.«

»dschi, ich habe es immer gern mit Ihnen getrieben, und bitte Sie heute Nacht ein letztes mal darum.«

»Ist das wirklich eine gute Idee?« wagt d. zu fragen.

»JA!« sagt My-Lady mit Nachdruck.

d. denkt nach, angestrengt bis zur Grenze seines Denkvermögens. Er braucht fast zwei Minuten bis er antwortet:

»Sie haben recht, Ihr Vorschlag My-Lady ist eine *wirklich* gute Idee. Am Anfang meiner Überlegungen stand das moralische Problem:

Ich treibe es mit einer todkranken Frau. Mit Ihnen auf Ihren Wunsch hin gerne My-Lady, was schert uns beide die dreckig verlogene Moral anderer Leute. Gerade wir beide, My-Lady, haben uns doch immer über diese Gesellschaft mit ihren albernen Formen und Konventionen lustig gemacht. Dies bis zu ROFL, das dann gelegentlich in eine richtig schöne Orgie ausgeartet ist.«

My-Lady und d. treiben es in dieser Nacht mal wieder richtig schön gemischt bunt mit einer Flasche Champagner und was noch so alles dazugehört. Sie fangen mit 69 an, und hören irgendwann in umgedrehter Missionarsstellung erschöpft auf. Diese Nacht gehört zu den wenigen im Laufe der Jahre in der d. nicht in sein Bett zurückkehrt, sondern bei My-Lady schläft.

Um 10 Uhr morgens danach sitzen My-Lady und d. pünktlich in der Bibliothek zusammen.

»Ich muss mich bei Ihnen entschuldigen dschi, ich habe mich gestern sehr egoistisch verhalten,« sagt My-Lady »ich hätte Sie warnen müssen. Es gibt zwar keine Ansteckungsmöglichkeit meiner Erkrankung auf Sie, aber eine theoretische Vergiftungsmöglichkeit besteht sehr wohl.«

»Ich fürchte mich nicht vor Ihnen My-Lady oder Ihrer Krankheit, wir beide fürchten uns doch wirklich nicht vor dem Tod.«

My-Lady geht auf diese Bemerkung nicht ein, da My-Lady und d. vor Jahren schon dieses Thema ausdiskutiert hatten.

»Sie haben recht dschi, wir werden sicherlich nicht Tage brauchen um ein paar Formalitäten zu besprechen, und jetzt bin ich noch in der Lage zwei Stunden durchzuhalten. Also lassen Sie es uns jetzt hinter uns bringen.«

»Auf geht's!« entgegnet d. so locker gesprochen wie ihm dies mit einem Kloß im Hals möglich ist, denn er ist selbstverständlich bedrückt.

»Ich möchte mich unter keinen Umständen irgendeiner Behandlung durch irgendeinen Mediziner ausgesetzt sehen. Gegen meinen ausdrücklichen Willen in einer Klinik auf meine Kosten zu sterben, ist für mich ein Albtraum. Ich möchte hier auf meinem Anwesen sterben. Dies ist der einzige Ort an dem ich mich wohl gefühlt habe. Damit kein Staatsspinner Sie wegen 'Unterlassener Hilfeleistung' belangen kann, habe ich heute Morgen eine Verfügung diesbezüglich verfasst und unterschrieben, die ich Ihnen übergebe. Bitte dschi, handeln Sie gemäß dieser Verfügung. Das ist für mich sehr wichtig. Enttäuschen Sie mich nicht.«

My-Lady überreicht Ihrem Privatsekretär d. einen unverschlossenen Umschlag. d. überfliegt das Schreiben kurz und versichert My-Lady, dass er auf Ihren Wunsch hin genau so handeln wird wie in ihrem Paper beschrieben.

»Kein Mediziner wird Ihr Anwesen betreten, mein Baseballschläger wird neben dem Eingang platziert.«

»Sie immer mit Ihrem Baseballschläger. In meinem Anwesen müsste sich eine ordentliche großkalibrige zweiläufige Schrotflinte befinden, mein Mann hatte eine.«

»Ich kenne Ihr Anwesen recht gut My-Lady, aber einen Waffenschrank habe ich noch nie gesehen. Befindet sich die Schrotflinte eventuell in Ihrem Atelier?« Kein Kommentar von My-Lady.

»Hier ist die versiegelte Abschrift meines Testamentes. Das Original ist bei Notar Hase hinterlegt. Keine Bange dieses Testament ist schon gut fünf Jahre alt, und wohl kaum angreifbar mit so albernen Argumenten, dass ich nun auf Grund meiner Lage geistig verwirrt bin wie bekloppte beamtete Staatsspinner meinen könnten.

Bitte öffnen Sie es nicht bevor ich gestorben bin. Nur eine Passage teile ich Ihnen mit, ich habe Sie als mein Testamentsvollstrecker benannt, Sie und nur Sie. Es gibt ein oder zwei Klauseln in meinem Testament, die eventuell rechtsstrittig werden könnten. Sie betreffen die Bestattungsform. Gegebenenfalls müssen Sie klagen, versuchen Sie in jedem Fall, dass mein Wunsch und Wille durchgesetzt wird.«

»Sie werden sich ganz auf mich verlassen können, ich werde mein Möglichstes tun und zur Topform auflaufen, wenn es um die Durchsetzung Ihrer Interessen geht. Nur hoffe ich, dass ich mich nicht auf Ihrem Anwesen mit Ihrer Verwandtschaft auseinandersetzen muss.«

»Meine angeheiratete Popelverwandtschaft ist in meinem Testament ausdrücklich in jeder Beziehung ausgeschlossen, da kann ich Sie ganz beruhigen dschi.

Gestern war ich zum letzten mal in meinem Atelier. Ich überreiche Ihnen den Schlüssel. Nun haben Sie den 'Schwarzen Peter'.«

»Was soll ich mit Ihren Bildern anfangen My-Lady? Werde ich

in Ihrem Testament detaillierte Angaben finden? Wenn Sie in Ihrem Testament bestimmen, dass ich alle Bilder vernichten soll, werde ich mich dem widersetzen!

Diese Bilder haben der Kunstwelt zugänglich gemacht zu werden. Das ist meine unumstößliche Haltung, die Haltung eines Banausen.«

»Da kann ich Sie ganz beruhigen dschi, meine Bilder sind in meinem Testament wohlweislich nicht extra aufgeführt. Sie sind immer noch Banause?, wo ich mir doch jahrelang soviel Mühe mit Ihrer Kunsterziehung gegeben habe. Sie enttäuschen mich dschi.« sagt My-Lady lächelnd.

»Sie haben meine Hauptfrage nicht beantwortet My-Lady: Was soll ich mit ihren Bildern anfangen? Wie ich Sie einschätze My-Lady, sind alle Ihre Bilder nach wie vor unsigniert.«

»Was Sie mit den Bildern anfangen, möchte ich alleine Ihnen überlassen. Meine Bilder sind nach wie vor ohne jede Signatur, da haben Sie recht. Sie werden schon noch hinter den Sinn meiner Bilder kommen, da bin ich mir ganz sicher. Geben Sie sich einfach Mühe und überdenken Sie Ihre Haltung. So interessant wie Sie tun ist das Leben eines Banausen nicht.«

»Ich werde mir die größte Mühe geben My-Lady.« versichert d. My-Lady.

»Wir beide haben doch immer viel Sinn für Humor, je dunkler je besser, gehabt, schwarz ist doch für uns immer das Ideal gewesen.

Was würden Sie als wirklichen Gag davon halten, wenn ich Ihre Bilder mit einer Signatur: "i.A.v. My-Lady d." versehe und die Bilder so der Kunstwelt zugänglich mache?«

»Brillant dschi, diese Idee hätte von mir sein können. Das könnte wirklich Aufsehen erregen. Mit den Konsequenzen die das auslösen könnte, Rummel, Presse et cetera müssen Sie dann fertig werden, das bleibt mir erspart. Hätte ich Rummel haben wollen, hätte ich es selbst versucht meine Bilder bekannt zu machen. Eine Vollmacht zur Signatur der Bilder stelle ich Ihnen noch heute aus.«

»Bleibt eigentlich nur noch das Problem Bertha, Pardon das Wort Problem nehme ich zurück.

Nach all den Jahren, die Bertha sich hier versteckt und bedeckt hielt, dürfte sie heute nicht mehr auf aktuellen Fahndungslisten stehen.«

»Sie haben vor siebzehn Jahren Bertha zugesichert, sie so gut wie Sie können zu schützen. Schon vergessen dschi, wo Sie gelegentlich behaupten ein ausgezeichnetes Langzeitgedächtnis zu haben? Mit meinem Tod wird Bertha's Schutzschild dünner, aber auf Ihr Wort von damals verlasse ich mich über meinen Tod hinaus.«

»Bertha und mein Versprechen gegen Bertha habe ich selbstverständlich nicht vergessen. Nur My-Lady, ich bin mir nicht sicher, ob ich hier bleiben kann oder werde, das hängt auch von dem Inhalt Ihrer Hinterlassenschaft ab.«

»Glauben Sie mir dschi, ich habe alle Vorsorge getroffen, damit Sie hier bleiben *können*.«

»Ich kann Ihnen nicht ganz versprechen, dass ich hier bleibe, denn ohne Sie, My-Lady, werde ich mich hier sehr, sehr einsam, eventuell zu einsam fühlen.«

»Das alles bleibt Ihnen überlassen, ich selbst würde es gern sehen, wenn Sie hier blieben, dies ist doch eigentlich Ihr Zuhause dschi. Eventuell suchen Sie sich eine andere Frau.«

»Sie, My-Lady, sind für mich unersetzbar.«

»Ich möchte mir darüber keine weiteren Gedanken machen, alle Vorsorgen sind getroffen, was Sie mit Ihrem weiteren Leben anfangen, müssen allein Sie entscheiden. Ende der Erörterung! BASTA!«

»Zwei Dinge muss ich noch wissen. Wo finde ich Bertha's Geld, wo finde ich Ihre Schwarzkasse?«

»Bertha weiß wo ihr Geld liegt, ich werde Ihnen den Platz nicht nennen, und meine Schwarzkasse werden Sie beim Sichten des Nachlasses finden. Ich bin erschöpft und möchte mich nun zur

Ruhe begeben.«

My-Lady verfällt zusehends. Sie scheint aber keine Schmerzen zu haben. Ihre Zeit verbringt sie mit lesen in der Bibliothek, smalltalk mit Bertha, kleinen
Spaziergängen auf ihrem Anwesen mit d. am Arm und Ruhepausen in ihrem Zimmer. Die aktiven Phasen von My-Lady werden Tag für Tag kürzer, demzufolge werden die Ruhepausen immer länger.
Sieben Tage nach der Besprechung zwischen My-Lady und d. in der Bibliothek sind die aktiven Phasen von My-Lady auf Null zusammengeschrumpft. Es ist erschreckend mit anzusehen, wie jeder Muskel und jedes Stück Fleisch von My-Lady's Körper von ihrem Körper aufgesogen wird.
Rund um die Uhr wird My-Lady von Bertha, Luis und d. betreut.
Da sie nichts mehr isst, beschränkt sich die Betreuung von My-Lady auf die Bereitung von Getränken, Körperpflege, Sauberhaltung ihres Bettes, aber im Wesentlichen auf die geistige Betreuung, die Bertha und d. wahrnehmen.

Der körperliche Verfall von My-Lady ist rapide, geistig ist sie aber völlig klar.
Eines Abends sitzt d. am Bett von My-Lady und sagt:
»My-Lady, Sie wollten mir noch ein wenig von Ihrem Leben erzählen.«
»So schrecklich viel gibt es da gar nicht zu erzählen. Meine Kindheit empfinde ich als nicht gerade glücklich. Meine Mutter habe ich geliebt und meinen Vater habe ich geliebt, nur die beiden zusammen waren unausstehlich. Sie lagen ununterbrochen im Streit, da war immer ein gereizter Ton Zuhause. Die Konversation meiner Eltern bestand nur aus gegenseitigen Beschimpfungen oder spitzen Bemerkungen. So war ich ganz froh, als ich nach meinem Schulabschluss mein Elternhaus

verlassen konnte und in 600 km Entfernung von meinem Elternhaus mein Kunststudium aufnehmen konnte. Während meiner Studienzeit habe ich mich sehr wohl gefühlt. Die Beschäftigung mit Kunst und die Schaffung von Kunstwerken entspricht *exakt* meinen Neigungen.

Ich lernte dann meinen späteren Mann kennen, wir heirateten und zogen hierher auf seine Farm und waren sehr, sehr glücklich.

Glauben Sie mir dschi, mein Mann war besser als Sie.«

»Ich erahne den Grund.« entgegnet d.

»Leider ist mein Mann dann durch einen tragischen Unfall ums Leben gekommen. So etwas von Dusseligkeit ist wohl einmalig: Er hat sich von seinem eigenen Traktor überrollen lassen. Das passierte acht Jahre bevor Sie hier auftauchten dschi.

Ich selbst stand dann unter Mordverdacht, konnte aber zum Leidwesen des Staatsanwalts nicht angeklagt werden, da etliche Zeugen mich zur Zeit des Unfalls hier im Hause gesehen haben.

Ich habe dann die Landwirtschaft verpachtet, wie Sie wissen, und mir mein Atelier eingerichtet und gemalt.

Durch die Einnahmen aus der Verpachtung hatte ich wenigstens keine finanziellen Sorgen und musste mir nicht meinen Lebensunterhalt verdienen.«

»Ich wage zu bezweifeln, dass dieser Umstand für Sie nur von Vorteil war, da dieser Umstand Ihnen Ihre exzessive Einsiedelei ermöglichte. Andersherum hätten Sie sich dem normalen Leben stellen müssen und hätten eventuell ein bunteres interessanteres Leben gehabt.«

»Nein dschi, ich war hier immer sehr glücklich. Denken Sie an den Versuch unseres Urlaubs. Wir haben den Urlaub ja nach wenigen Tagen abgebrochen, da ich mich unter all diesen fremden Menschen nun wirklich nicht wohl gefühlt habe.«

»Ich habe Dich von Anfang an geliebt My-Lady.«

»Liebe auf den ersten Blick dschi?«

»Nicht ganz, ich denke es ist bei unserem ersten Diner an dem

Abend als ich hier ankam passiert. Du hast immer so eine schwer beschreibbare Würde ausgestrahlt, weswegen Du von mir sofort den Spitznamen 'My-Lady' verpasst bekommen hast. Bertha und Luis haben sich mir in dieser Sprechweise schnell angepasst, auch für sie bist Du einfach 'die Lady' geworden.«

»Mir ging es sehr ähnlich, auch ich habe mich sehr schnell in Dich verliebt, dies bevor ich bei Dir anklopfte. Glaube mir bitte dschi, es ist mir vor siebzehn Jahren wirklich nicht leicht gefallen mitten in der Nacht an Deine Zimmertür zu klopfen. Du musst damals einen ganz falschen Eindruck von mir gewonnen haben.«

»Ich hatte Dich schon ein bisschen, hinreichend würde ich sagen, verstanden. Du hattest kaum eine andere Möglichkeit. *Ich* hätte mich nicht getraut an Deine Zimmertür zu klopfen, das Risiko eines sofortigen Rauswurfs bei Missbrauch Deiner Gastfreundschaft wäre ich niemals eingegangen.

Im umgekehrten Fall, Du hättest mich in so einer Verlegenheit auf meinen Gut um Hilfe gebeten, hätte ich genauso gehandelt wie Du seinerzeit, ich hätte Dich zum Diner eingeladen und Dir eine Übernachtungsmöglichkeit angeboten. Niemals hätte ich gewagt, an Deine Tür zu klopfen. Ich hätte sicherlich bis in die späte Nacht in der Bibliothek rumgesessen in der Hoffnung Du würdest Dich noch sehen lassen um eventuell irgendeine Beziehung anzufangen.«

»Weichei!« sagt My-Lady spitz verschmitzt nimmt das alte Spiel seit der 'Vergewaltigung' wieder auf und weiß wie d., ihr Liebhaber, reagiert und nicht anders reagieren kann, auch wenn er nicht ihr Pablow's Hund ist.

Und genau ihrer Erwartung entspricht d., indem er antwortet:

»*Ganz* lösen von allen Konventionen kannst Du Dich auch nicht, irgendetwas ist von Deiner Erziehung zurückgeblieben. Dies obwohl Du es wirklich besser weißt. Du kennst mich sehr genau und Du weißt, dass ich Gewalt verabscheue, auch die 'so genannte Staatsgewalt' die vorwiegend zur Unterdrückung,

Knebelung, und Vergewaltigung von Menschen führt.

Gerade in heutigen 'Demokratien' wird der Bürger nur als mündig deklariert, wenn er seine Stimme abgeben soll, an Leute die ihn dann auf seine Kosten zu knebeln wissen.«

»dschi, diese Thematik haben wir doch zigmal erörtert, und hat doch immer dazu geführt, dass wir uns jedem Wahlunsinn mit dem verlogenen Reklamerummel enthalten haben.«

»Du hast mich provoziert und ich bin wieder darauf reingefallen, tut mir leid My-Lady, es kommt nicht wieder vor.« und tupft My-Lady's schweißnasse Stirn ab.

»Weichei?« nimmt d. das von ihr angefangene Gespräch wieder auf, »ich hasse Gewalt, insbesondere männliche Gewalt gegen Frauen und noch mehr gegen Kinder! Frauen und Männer passen nur selten zusammen. Ich selbst hege die Auffassung, dass in einer Beziehung Frau-Mann/Mann-Frau, die Frau bestimmender sein sollte als der Mann, ist sie doch das edlere, doch leider physisch nicht das stärkere Geschöpf, was zu Unterdrückungen führt.«

My-Lady schweigt, bis sie die Konversation fortführt:

»Eines darfst Du mir nun verraten dschi, warum wolltest Du seinerzeit eigentlich keine Ehe mit mir eingehen? Was Du damals vorgebracht hast, war doch nicht der eigentliche wahre alleinige Grund.«

d. antwortet in ganz sanftem Tonfall:

»Wenn ich jetzt schreiben würde, würde ich "s. o." tippen. Du sagtest vorhin: 'Glauben Sie mir dschi, mein Man war besser als Sie'.

Das habe ich gewusst. Dein Mann hatte Dich behütet und beschützt. Diese Aufgabe "s. u." hätte ich niemals in dieser Weise übernehmen können. Er war in eurer Beziehung der Dominante. In unserem Verhältnis oblag Dir die Rolle der Dominanz, Du bist einfach in jeder Hinsicht der Stärkere von uns beiden. Vielleicht hättest Du Dir feminin gewünscht, die Bürde und Last, Entscheidungen treffen zu müssen, gern abgegeben. Aber Du hättest sie nie abgeben *können*.

Du hättest es niemals zugelassen, von mir bestimmt zu werden: Tu Dies, Tu Jenes. Solche Situationen hätten wirklich zu Streitereien und zur Belastung unserer Beziehung geführt. Ich denke My-Lady, dass unsere Beziehung zueinander gerade deswegen so gut funktioniert hat und über all die Jahre so stabil gewesen ist, weil die Verhältnisse geregelt waren, und niemand von uns beiden versuchen konnte, den Anderen in irgendeiner Form zu unterdrücken. Es war uns beiden auf Grund unserer beidseitigen Abkommen nicht möglich.

Wir hätten niemals irgendeinen Zwang gegeneinander ausüben können.

Das hat unsere Beziehung, geprägt von gegenseitigem Vertrauen und Achtung, so stabil gemacht.

Wir haben wirklich nicht den Segen des Staates, über den wir uns doch immer nur lustig gemacht haben, oder noch schlimmer für uns als Atheisten, den Segen einer Kirche bedurft.«

»Du bist unglaublich dschi, keinen Tag mit Dir hätte ich missen mögen.«

»Ich überbiete Dich My-Lady, jeden Tag mit Dir hätte ich gern zweimal erlebt.« d. küsst zärtlich ihre Schläfe,

»Danke für Alles, auch wenn ich Dich gelegentlich enttäuscht habe.«

My-Lady und d. treiben noch den zwischen ihnen üblichen lustigen smalltalk, gelegentlich tupft d. den Schweiß von My-Lady's Stirn, bis sie einschläft.

Ihr Bewusstsein erlangt sie nie wieder. Physisch lebt My-Lady noch zwei Tage. Bertha und d. wachen abwechselnd rund um die Uhr an My-Lady's Bett.

Irgend so ein komischer Mediziner wird dann als Todesursache ‚Stress bedingtes Herzversagen' feststellen, und d. wird nur sein nun greises Haupt schütteln.

Luis veranlasst die nun notwendigen Formalitäten, Bertha verschwindet, auf Grund zu erwartender Besuche, vermutlich in Versteck 2, und d. sitzt traurig in seinem Büro rum bis er in seinem Bürosessel einschläft.

d. wacht aber ausgezogen in seinem Bett auf, kann sich aber nicht erinnern, wie er dahin gekommen ist. Die Datums- und Uhrzeitkontrolle auf seinem Rechner gibt darüber Auskunft, dass d. 36 Stunden (Tief-)Schlaf hinter sich gebracht hat. Luis hat mittlerweile längst den Amtsarzt benachrichtigt und den Leichnam von My-Lady von einem Beerdigungsunternehmer abholen lassen.

d. bringt sich mit abwechselndem Heiß-Kalt-Duschen wieder einigermaßen auf Vordermann. Ihm obliegt nun das Kuvert mit dem Testament zu öffnen und das Testament von My-Lady zu lesen.

My-Lady schließt die Verwandtschaft ihres Ehemannes in der Tat ausdrücklich vollständig von der Erbschaft aus. Sie vermacht Luis noch einen Betrag und räumt ihm lebenslanges Wohnrecht mit allem Unterhalt ein, außerdem vermacht sie ihm den Range Rover.

d. interpretiert diesen Passus, dass er gleichsinnig auch für Bertha gilt. Alles Andere vermacht My-Lady d., sicherlich wohl wissend, dass reichlich Erbschaftssteuer anfallen wird.

My-Lady wünscht keine klassische Trauerfeier, My-Lady wünscht eingeäschert zu werden und vermacht d. ihre Asche damit er sie auf ihrem Anwesen zerstreut. d. weiß an welcher Stelle er dies tun soll.

d. versteht nun auch, was My-Lady damit meinte, dass esmindestens einen Passus in ihrem Testament gibt, der eventuell rechtsstrittig wird.

d.'s nächste Tage und Wochen verbringt er mit der formalen Abwicklung die My-Lady's Tod mit sich gebracht hat; aber er vergisst nicht, sich sein Gehalt weiterzuzahlen, diesmal mit Überstunden- und Erschwerniszulagen, und eine Gehaltserhöhung bewilligt d. sich auch.

Der Beerdigungsunternehmer war stinke sauer, konnte er doch keinen Eichensarg mit reichlich Goldbeschlägen verkaufen, auch konnte er kein pompöses Beerdigungskleid verkaufen, auch konnte er keine Leichenwäsche und schminken einer Leiche verkaufen, auch konnte er keine aufwendige Beerdigungszeremonie verkaufen, auch konnte er keine Begräbnisveranstaltung veranstalten, so dass er lediglich mit der Einäscherung von My-Lady beauftragt wurde. d. hat sich als Kompromiss nur zur teuersten Urne aus seinem Angebot hinreißen lassen. Er könnte die Urne ja später als Aschenbecher benutzen, denkt d..

My-Lady und d. hätten nur wieder gegrinst.

Bis ihm diese Urne mit der Asche von My-Lady übergeben wurde, waren etliche Hindernisse zu überwinden. Es gelang d., auch ohne Bakschisch und ohne endlose Klagerei vor Gerichten, dass ihm die Urne gemäß My-Lady's Letztem-Willen nach einem halben Jahr Hin- und Her, übergeben wurde, aber der Beerdigungsunternehmer verlangte noch Geld für die *'lange Einlagerung des Objektes'*, wie er sich ausdrückte.

d. behält die Urne mit der Asche von My-Lady auf einem Ehrenplatz in seinem Arbeitszimmer. Er verstreut die Asche nicht gemäß dem Testament und redet sich vor sich selbst damit heraus, dass My-Lady keinen Zeitpunkt zum Verstreuen ihrer Asche angegeben hat.

Die gesamte formale Abwicklung des Todesfalles My-Lady dauerte fast ein Jahr. Die gesamten Bilder von My-Lady blieben bei der Einschätzung ihrer Hinterlassenschaft unberücksichtigt. Alles Banausen wie d. bemerkt, Null Ahnung nennt er das.

Bertha, Luis und d. sitzen rum, ohne My-Lady kommen sich alle drei etwas überflüssig und verloren vor.

d. hat noch ein bisschen zu tun.

Er trainiert tagelang eine richtig schöne flotte flüssige Unterschrift

i.A.v. My-Lady d.

und fängt an My-Lady's Bilder damit zu signieren und Fotos zu erstellen, nachdem er etliche Objektive eingekauft und sich mit hinreichenden Beleuchtungsmitteln zur Aufnahme der Fotos ausgestattet hat.

d. muss langsam erkennen, dass die Signatur, die Erstellung von Fotos und die Archivierung eines Bildes von My-Lady, etwa solange dauert wie My-Lady gebraucht hat um ein Bild zu malen. Insbesondere die zeitliche Einordnung der Entstehung der Bilder fällt d. schwer.

d. schätzt das Alter eines Bildes auf Grund der Dicke der Staubschicht auf dem Rahmen der Leinwand ab.

Luis pusselt im Garten rum.

Bertha hilft d. in My-Lady's Atelier.

d. versucht die Kunsthinterlassenschaft von My-Lady zu ordnen.

Der Schluss

Nach dem Tod von My-Lady hängt die Crew von My-Lady, bestehend aus Bertha, Luis und d., herum. Nur d. hat noch reichlich zu tun, aber doch weit weniger als zu Lebzeiten von My-Lady, zumal er die laufenden Vorgänge, Erbschaftsange-legenheiten und andere, nicht beschleunigen kann.

Bertha weiß nicht mehr was sie in der Küche soll, Luis weiß nicht mehr so recht warum er Rosenpflege betreiben soll.

Die Crew sitzt gelegentlich abends bei einem Drink in der Bibliothek zusammen.

»Ich gerate hier langsam aber sicher in Schwierigkeiten.« sagt d. eines Abends.

»Haben Sie Ihr gesamtes Erbe schon auf den Kopf gehauen?« bemerkt Bertha launig, »Sie sind es doch, der zum Millionär geworden ist.«

»Der Schein trügt Bertha, Sie haben Ihre Rechnung ohne die Steuergesetze getan.

Betrachten wir mal Folgendes zur Einschätzung der Situation:

Unsere Lady, so nennen wir sie doch seit meiner Ankunft, weil sie, obwohl nicht geadelt, eine Lady war, hat ohne ihre Kunst-werke angenommen ein Vermögen geschätzt von 2 Millionen hinterlassen. Dies in Sachwerten von 1.6 Millionen und ein Bar-vermögen in Form Geld und Aktien von Vierhunderttausend.

Auf Grund der Erbschaftssteuergesetze muss *ich* jetzt 1 Million als Erbschaftssteuer abführen, dies in Geldwert. Woher soll ich nun diese 1 Million nehmen. My-Lady's Barmittel und mein Privatvermögen reichen bei Weitem nicht zur Deckung dieser 'legitimen' Forderung des Staates gegen mich. Die Folge daraus, und das nehmen Sie bitte zur Kenntnis Bertha und auch Luis, ist: ich muss Teile dieses Anwesens verkaufen.«

»Ja, ja, mit der Steuer haben Sie sich immer besser ausgekannt als wir.« bemerkt Luis mit einer unverhohlenen Schadenfreude.

»Ihr beide habt gemäß unserer Lady's Testament euren Anteil

ausgezahlt bekommen und habt einen Vermögenszuwachs erzielt.

Sie Luis vom normalen Konto, Sie Bertha aus der Schwarzgeldkasse, die ich von nun an Portokasse nenne.

Auch ich werde einen Gewinn erzielen, ganz in Sinne von My-Lady, aber nicht so wie Sie sich das denken Bertha.

Was ich nun mache ist offen. Da es auch Euch betrifft, müssen wir darüber sprechen.«

»So, so,« sagt Bertha nach wir vor sehr launig, »wieso es uns, Luis und mich betrifft, da sind wir doch gespannt.«

»Gerade Sie Bertha, dürften sich jeder Launigkeit enthalten. Und Sie Luis, lassen Sie doch Ihr Grinsen, Sie erwecken einen bisschen dämlichen Eindruck, den ich gerade von Ihnen nicht kenne. Ich gebe zu, dass von uns allen nur Sie Grund zum Grinsen haben.«

Schweigen. d. weiß, dass Luis Grinsen ihm an diesem Abend noch vergehen wird.

»Ich gerate in kaum auflösbare Konflikte wie auch immer ich mich entscheide.

Ich könnte die Ländereien verkaufen; da langjährige, von mir nicht kündbare Pachtverträge laufen, werde ich kaum Geld daraus erzielen, ganz davon abgesehen, dass ich mich damit von der Einnahmequelle zur Erhaltung dieses Anwesens abschneide. Wenn ich dieses Anwesen verkaufe, bekomme ich ernste Probleme mit Ihnen Bertha, und nun vergeht Ihnen Ihre überhebliche Launigkeit, Hu, Hu Bertha.«

Bertha wird blass wie d. bemerkt.

»Keine Angst Bertha, ich habe unserer Lady und Ihnen meinen mir möglichen Schutz zugesichert, und ich werde nicht wortbrüchig.«

Jeder von uns kuckt in sein Glas und genehmigt sich einen ordentlichen Schluck daraus. Bertha füllt die Gläser wieder auf.

»HEUREKA, zu mindestens vorübergehend sollte es mir möglich sein eine Hypothek zu erlangen zur Deckung meiner

Zahlungsverpflichtungen. Warum fällt mir das erst jetzt ein. Darüber muss ich doch gleich morgen mit meiner Bank sprechen.« sagt d. und er hält das momentan für eine gute Idee.

Bertha und Luis atmen hörbar auf.

»Lehnen Sie sich nicht zu früh zurück. Was kurzfristig laufen könnte, ist noch keine endgültige Lösung. Ich selbst werde sicherlich noch mindestens 1 ½ Jahre hier verbringen, im Wesentlichen werde ich mich mit dem Kunstnachlass unserer Lady beschäftigen. Was ich dann danach mache ist für mich völlig offen.«

»Ohne die Lady ist das hier doch alles nur halber Kram.« sagt Luis.

»Ihre Ausdrucksweise wird immer lässiger Luis.« entgegnet d..

»Haben Sie beide schon einmal daran gedacht Ihren wohl verdienten Lebensabend ganz wo anders zu verbringen? Florida, Bahamas, Mallorca, ihr beide zusammen müsstet und könntet doch über ein ausreichendes Kapital verfügen, zumal Luis ja als regelmäßiges Einkommen seine Rente hat.«

»Was wissen *Sie* über mein Kapital?« fragt Luis skeptisch.

»NICHTS, ich weiß als Buchhalter nur was Ihnen My-Lady in all den Jahren überwiesen hat. Da Sie hier keine nennenswerten Ausgaben hatten, keine Miete, Strom, Heizung, Essen-Trinken, Einrichtungen, Auto et cetera *könnten* Sie Kapital angesammelt haben, so wie ich es wohlweislich getan habe. Ihre Bank wird sich schwer hüten, mir über Ihre Konten Auskunft zu geben, und ich werde mich schwer hüten einen Versuch in dieser Richtung zu starten. Wenn Sie Ihr Geld ausgegeben haben, sei es durch regelmäßige Besuche im Puff, oder als Spieler oder als Spender für den Tierschutzverein oder sonst wie, werden Sie von mir, Luis, keine Moralpredigten zu hören bekommen.«

»Ach, Luis geht regelmäßig in den Puff, dieser Abend wird ja immer interessanter!« sagt Bertha in nun schon deutlich angetrunkenem Zustand.

»Das, liebe Bertha, habe ich nun wirklich nicht behauptet!«

150

»Ich habe in der letzten Zeit schon daran gedacht, hier wegzugehen, denn irgendwie komme ich mir seit dem Tod von unserer Lady hier etwas überflüssig vor. Wir können aber Bertha, auch wenn sie heute Abend unausstehlich ist, nicht im Stich lassen.« sagt Luis.

»Sie beide, Bertha und Luis, sind doch ein Team, und sollten es bleiben.«

»Luis und ich ein Team?« kreischt Bertha.

»Ich muss mich jetzt wirklich fragen, Bertha, wie viele Flaschen Whisky der Marke Jonny Walker Sie heute intus haben! Sie dürfen ruhig die Sau rauslassen.« d. gestattet sich diesen sprachlichen Fauxpas,

»Gerade in Ihrer Lebenssituation hätte ich vollstes Verständnis dafür.« sagt d..

Luis wird verlegen. d. sieht ihm richtig an, dass er nun am liebsten unsichtbar wäre.

»Kopf hoch Luis,« sagt d. »Sie glauben doch nicht im Ernst daran, dass My-Lady und ich so naiv waren, dass wir über Jahrzehnte nicht bemerkt haben, dass auf jeder Rechnung Ihrer Bestellungen bei unserem Lebensmittel- lieferanten Bollman & Bollman, praktisch Woche für Woche, eine Kiste Jonny Walker abgerechnet wurde. Mehrfach haben My-Lady und ich uns königlich darüber amüsiert, wie besoffen die komplette Mann-schaft hier rund um die Uhr sein müsste, wenn wir den angelieferten Whisky neben den anderen Getränken Wein, Bier und andere Alkoholika ausgetrunken hätten. Na wenigstens waren an dem Abend, als dieser Peter Skunk hier auftauchte, 2 Flaschen Whisky auftreibbar. Dieses, Ihr kleines Nebengeschäft, wurde von My-Lady lächelnd toleriert. Circa. 17.000 Flaschen Whisky!«

»Ein Teil davon befindet sich noch hier, ich zeige Ihnen morgen das Versteck.« bemerkt Luis kleinlaut.

»Wie viele?« »Etwa 10.000 Flaschen.«

»Verkaufen Sie diesen Vorrat Luis, und der Erlös geht in unsere

Haushaltskasse. Dann haben Sie momentan wieder etwas Sinnvolles zu tun! Machen Sie einen Schnapsladen oder eine Whisky-Bar auf.

Ich frage mich wirklich, was Sie sich dabei über all die Jahre gedacht haben. Sie können ja Kiste für Kiste eventuell einlagern, ohne dass dies großes Aufsehen erregt, aber Sie können doch niemals tausend Kisten Whisky unbemerkt on Block vom Anwesen schaffen.«

»O. K. ich werde mich um den Verkauf kümmern.«

»Besorgen Sie doch bitte für Bertha noch eine Flasche Whisky. Bertha hat sicherlich noch Durst.

Kommen wir zurück zum eigentlichen Thema. Ich schlage vor wir bereiten uns mittelfristig auf einen Rückzug von hier in ein nicht ganz so von der Gesellschaft abgekoppeltes Leben vor, da wir uns alle seit dem Tod unserer Lady hier nicht mehr so *richtig* wohl fühlen.« d. spricht weiter:

»Ihre Strafverfolgung, liebe Bertha, dürfte doch mittlerweile verjährt sein.« d. gibt Bertha das Strafgesetzbuch in die Hand.

»Lesen Sie doch einmal nach.«

Die Crew von My-Lady vertagt sich auf den nächsten Abend, plaudert noch ein bisschen rum. Luis und d. machen sich ein höllisches Vergnügen daraus, Bertha so richtig ab-(auf)zufüllen.

Am nächsten Abend sitzt die Crew von My-Lady wieder zusammen und d. fragt Bertha, ob sie im Strafgesetzbuch im Bezug auf Ihre Tat und der Verjährung gelesen hat.

»Ich bin mir nicht sicher d. und möchte kein Risiko eingehen.« sagt Bertha.

'Also doch Mord' denkt d. sagt aber:

»Wir sollten uns auf alle Eventualitäten vorbereiten. Bertha kann nicht mehr auf aktuellen Fahndungslisten stehen. Nach 25 Jah- ren, dürfte sie auch nicht mehr so ohne weiteres erkannt werden. Bertha bekommt eine neue Identität. Wie wollen Sie denn in Zukunft heißen Bertha?«

»Sofia Loren, wie sonst. Wir sind am selben Tag geboren.«

Keine weiteren Kommentare.

»Sie Luis besorgen morgen in einer Stadt, in der man Sie nicht kennt, unauffällige Garderobe für Bertha. und vergessen sie nicht sich um den Verkauf der 10.000 Flaschen Whisky zu kümmern.«

»Wird erledigt Sir.«

»Übermorgen fahren Bertha und ich in die nächst größere Stadt und machen Passfotos an irgendeinem Automaten.«

Bertha macht ein skeptisches Gesicht.

Luis und d. knobeln aus, wer dann nach Rattown fährt um für Bertha einen Pass zu besorgen. Luis wählt Zahl also bleibt d. nur Fratze übrig.

Erster Wurf: Zahl fällt; zweiter Wurf: Fratze fällt; dritter Wurf: Fratze fällt.

d. hat gewonnen(?) und muss nach Rattown fahren.

Alles läuft planmäßig.

d. macht sich mit Passfotos von Bertha auf den Weg nach deu ihm verhassten Rattown auf. Er hat fast alle seine Klamotten im Kofferraum, von seiner schwarzen Lederkluft bis Nadelstreifen mit Butterlecker, um sich allen Gegebenheiten anpassen zu können. d. ist wirklich nicht klar, was man stilvoll trägt, um einen 'falschen', gefälschten(?) Pass zu besorgen.

Über Eines ist sich d. im Klaren; reichlich Kohle muss er parat haben.

Er sucht nach seinem alten Kumpel Django und findet ihn sogar im Telefonbuch, und ruft ihn an. Schon beim dritten Versuch klappt das.

»Hi Django, hier dschi«

»Wer ist dort bitte? Mit wem spreche ich?«

»Hi Django, hier dschi Hast Du Dein Pensionat für gefallene Mädchen aufgegeben?«

»Ach dschi wie geht's Dir, ich hab ewig lange nichts mehr von Dir gehört.«

»Mir ging es siebzehn Jahre lang prächtig, nur, jetzt habe ich ein kleines Problem.«

»Man los.«

»Nicht am Telefon, nach dem dieser Staat vom Spinner zum Spanner verkommen ist. Gibt es unsere alte Kneipe noch?«

»Ja. Obwohl ...«

»20:00 Uhr, O.K.?« unterbricht d..

»O.K.«

Die Kneipe hat sich wirklich verändert. Das Flair ist hin, das Ambiente ist hin. Eine Kneipe ohne jeden Pep ist entstanden.

»Hi Django, gut siehst Du aus.«

»Und Du erst siehst richtig prächtig aus. Bis auf...«.

»Lassen wir das, ich habe siebzehn wirklich glückliche Jahre verbracht aber nun muss ich die Möglichkeiten von Rattown in Anspruch nehmen.

Klipp und klar ich brauche einen neuen Pass.«

»So schlimm?«

»Den Pass brauche ich nicht für mich, ich bin sauber. Ich brauche einen neuen Pass für eine wirklich gute Freundin von mir.«

»Ich fürchte, dass ich Dir da nicht viel helfen kann, in dieser Szene bin ich nicht Insider.«

»Ich glaube schon, dass Du mir helfen kannst. In welchem Stadtviertel wird mit so etwas heute gehandelt? Downtown oder lower Downtown oder Uptown oder upper Uptown?«

»Immer noch Downtown in erster Linie, aber auch in Uptown dürftest Du fündig werden. Aber warte, ich kenne da einen Typen, der sich da etwas besser auskennen sollte als ich. Ich klingele den mal eben an.«

Nach einer viertel Stunde erscheint Djangos Bekannter, der sich als Mr. Black vorstellt d. macht sich seinen Reim darauf, da Black ausschließlich schwarze Kleidung trägt.

Die Unterhose von Black lässt d. sich nicht zeigen. Nein, er hat auch keine direkten Beziehungen zu d.'s Anliegen, nennt aber Kontaktadressen, sprich Kneipen in Downtown und Uptown. Nach stundenlanger Männerklönerei über Weiber und Autos zahlt d. die ganz ansehnliche Zeche. 'Preise haben die hier' denkt d..

d. schläft bei Django im Gästezimmer, seiner Frau war das gar nicht so recht, und d. fragt sich 'wie ist Django nur an ein so plumpes, dummes, übergewichtiges, und keifendes Frauenzimmer gekommen. Die Liebe konnte doch allenfalls zwei Tage gedauert haben'.

d. begibt sich am nächsten Abend nach Downtown, in die von Black angegebenen Kneipen, in lässig bestimmtem Outfit. Die Suche nach einer qualifizierten Werkstatt zur Erstellung eines Passes läuft fast exakt so ab, wie es Dean R. Koontz in seinem wunderschönen Roman

'Brandzeichen'

beschrieben hat: sich sehen lassen, das *richtige* Vertrauen erwecken, sich ran tasten, bis man auf jemanden stößt, der versteht worum es geht und der gegen ein angemessenes Bakschisch einen Namen und Adresse nennt.

d. erhält drei Tage nach Auftragsvergabe einen wunderschönen etwas abgegriffenen Pass für Bertha auf dem Namen

Luise Schurmann

mit einer Gültigkeit von fast 10 Jahren. d. wird Bertha aber weiter Bertha nennen. Nach einiger Zeit entschließen sich Bertha und Luis My-Lady's Anwesen zu verlassen. Sie erzählen d. aber nicht was sie vorhaben und d. will das auch gar nicht wissen.

Eineinhalb Jahre sind nun seit My-Lady's Tod vergangen. Die Erbschaftsangelegenheit ist abgewickelt, es geschehen doch immer mal wieder Wunder, denn hierzu haben die Behörden *nur* dreizehn Monate benötigt.

d. sitzt allein und völlig gelangweilt in dem völlig einsamen Haus von My-Lady rum und kann sich nicht so recht entschließen, etwas zu tun.

Nur seine zweite Katze leistet ihm ein wenig Gesellschaft.

Bleibt er allein hier, wird er mit seinen fünfzig Jahren zum Eremit. Sich eine andere Frau suchen, mit der er hier leben will ist ausgeschlossen. Keine andere Frau kann d. My-Lady ersetzen. Irgendwie würde d. sich schäbig vorkommen im Haus von My-Lady mit einer anderen Frau als My-Lady zu leben und mit einer anderen Frau als My-Lady hier zu vögeln.

Das Anwesen verkaufen und wegziehen? Wohin? d. gefällt es hier.

d. erwägt aus My-Lady's Anwesen ein Kunst-Kulturzentrum zu machen.

d. kann sich zu keinem Entschluss durchringen und lässt die *Zeit* für sich arbeiten.

Immer noch steht die Urne mit der Asche von My-Lady in d.'s Büro, d. kann sich nicht davon trennen.

Eines abends bemerkt d., dass jemand auf dem Anwesen herumschleicht. d. holt den Feldstecher und fängt an zu lachen als er Bertha erkennt.

»Hi Bertha, was schleichen Sie denn hier rum, kommen Sie doch rein, ich bin zwar immer noch bissig, beiße aber nicht jeden, und Sie schon gar nicht.«

»Hi dschi, Luis ist tot. Luis und ich haben noch ein wunderschönes Jahr miteinander verbracht. Luis hat wohl aus der Sicht eines Mannes den aller schönsten Tod erlebt. Herzversagen beim Bumsen.«

»Für Sie, liebe Bertha, muss das nicht gerade angenehm gewesen sein.«

»So schlimm, wie Sie sich das ausmalen, war's auch nicht. Luis war noch warm. Nachdem ich feststellte, dass Luis tot ist, habe ich um ihn geweint, Stunde um Stunde. Ich habe mich von Luis verabschiedet, und alle Gegenstände von Wert an mich genom-

156

men und bin dann abgehauen.«

»Ich hätte Sie gar nicht als so weise eingeschätzt, liebe Bertha. Diesen Satz nehme selbstredend sofort zurück.«

»Ich kenne Sie dschi!«

»Wollen Sie, liebe Bertha hier bleiben? Das können Sie selbstverständlich tun auf Grund der Schutzzusicherung von My-Lady und mir gegen/für Sie.«

»Danke für Ihr Angebot. Nein dschi, ich gehe nun nach Pigtown, und lebe dort. Eine Anstellung habe ich gefunden, bei jemandem, der die Steuergesetzgebung nicht versteht, wie Sie, ein kleines Apartment habe ich auch. Aber eine Kleinigkeit habe ich hier noch zu erledigen.«

»Sie können immer wieder nach hier zurück, solange ich hier lebe. Es sieht ganz danach aus, dass ich hier bleibe.«

Bertha schläft diese Nacht noch einmal in ihrem früheren Zimmer.

d. fährt Bertha am nächsten Morgen, nach einem längst nicht mehr gewohnten üppigen Frühstück, das Bertha erstellt hat, nach Pigtown.

d. wird den Verdacht nicht los, dass Bertha sich noch ihre irgendwo versteckt gelegenen Gelder abgeholt hat.

d. folgt einer Intuition und geht in My-Lady's Atelier. Er sucht ein ganz bestimmtes Bild aus der Sammlung heraus, das unmittelbar nach dem Urlaubsversuch vor sechzehn Jahren entstanden sein muss. d. nennt es

"32 km Sonnenuntergang im Meer"

d. stellt das Bild auf die Staffelei und setzt sich davor und starrt das Bild an,

Stunde um Stunde um Stunde.

Urplötzlich erkennt d. die Mächtigkeit des Bildes, My-Lady beschreibt die *Bewegung* der Sonne, wie sie immer tiefer am Horizont im Meer versinkt.

Grandios!

d. stellt ein anderes Bild von My-Lady auf die Staffelei. das Bild stellt eindeutig eine Rose dar. Das Bild beschreibt aber die Bewegung einer erblühenden Rose.

Grandios!

d. stellt nun Bild für Bild auf die Staffelei, er erkennt immer schneller: My-Lady beschreibt Bewegungen von Vorgängen.

Grandios!

Nun weiß d. was er zu tun hat:

Er wird auf My-Lady's Anwesen bleiben und sich ausschließlich ihrem Kunstnachlass widmen.

Leicht wird das nicht, der Kunstwelt die Tiefe und den Inhalt von My-Lady's Werken zu vermitteln, erkennt d..

My-Lady hat gewusst, dass d. irgendwann hinter ihr Geheimnis kommt.